Cartas da Terra

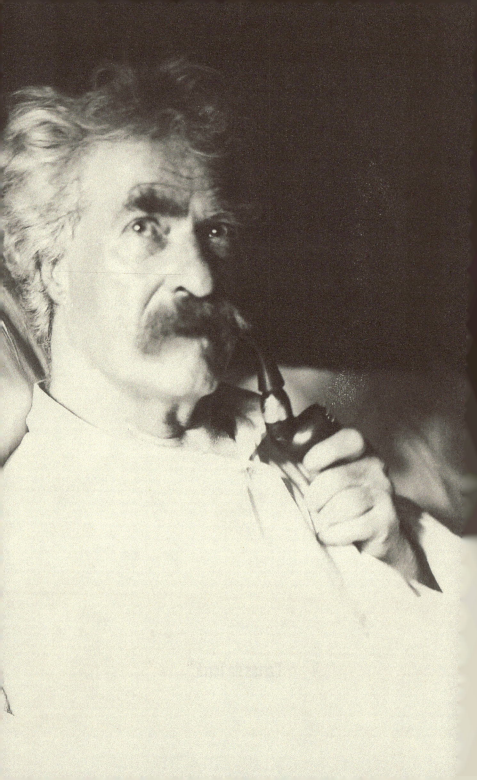

Mark Twain
Cartas da Terra

Tradução e prefácio
Jorge Henrique Bastos

ILUMI//URAS

Copyright © desta tradução e edição
Editora Iluminuras Ltda.

Título original
Letters from the Eart, 1909

Capa e projeto gráfico
Eder Cardoso / Iluminuras

Foto de capa
Mark Twain, 1907. Biblioteca do Congresso, Washington, DC

Abertura dos capítulos
Ilustração de Lucas Cranach the Elder, *As tentações de Santo Antão*, 1506.
[fragmentos modificados digitalmente]

Revisão
Monika Vibeskaia

CIP-BRASIL. CATALOGAÇÃO NA PUBLICAÇÃO
SINDICATO NACIONAL DOS EDITORES DE LIVROS, RJ
T913c

    Twain, Mark, 1835-1910
        Cartas da Terra / Mark Twain ; tradução e prefácio Jorge Henrique Bastos. –
1. ed. – São Paulo : Iluminuras, 2022.
        128 p.

    Tradução de: Letters from the Eart
    ISBN 978-6-555-19152-3

    1. Cartas americanas. I. Bastos, Jorge Henrique. II. Título.

22-76819   CDD: 816
                        CDU: 82-6(73)

Meri Gleice Rodrigues de Souza - Bibliotecária - CRB-7/6439

EDITORA ILUMINURAS LTDA.
Rua Inácio Pereira da Rocha, 389 - 05432-011 - São Paulo - SP - Brasil
Tel./ Fax: 55 11 3031-6161
iluminuras@iluminuras.com.br
www.iluminuras.com.br

ÍNDICE

Mark Twain, o escárnio crítico de um escritor tutelar, 9
Jorge Henrique Bastos

Cartas da Terra

A carta de Satanás, 27

Segunda carta, 31

Terceira carta, 41

Quarta carta, 53

Quinta carta, 59

Sexta carta, 65

Sétima carta, 75

Oitava carta, 87

Nona carta, 97

Décima carta, 103

Décima primeira carta, 115

Sobre o autor, 123

(Da esquerda)
Josh Billings, Mark Twain e
Petroleum V. Nasby, 1868.

Mark Twain, o escárnio crítico de um escritor tutelar

Jorge Henrique Bastos

Em 1976, Nikolai Stepanovich Chernykh, do Observatório de Astrofísica da Crimeia, descobriu um cinturão de asteroides e resolveu batizar um deles como *2362 Mark Twain*, em homenagem ao célebre escritor norte-americano que encantara gerações com personagens emblemáticas que muitos leitores conhecem, como Tom Sawyer e Huckleberry Finn. Naquela época, se completaram cento e quarenta e um anos do nascimento do escritor, que já era um nome consagradíssimo e figura tutelar da literatura produzida nos Estados Unidos, com legiões de admiradores em todo o mundo.

Na certidão de nascimento do autor consta o nome Samuel Langhorne Clemens. Mas que viria a se tornar popularmente conhecido com o pseudônimo escolhido para encimar a capa de inúmeros livros que escreveu: Mark Twain (1835-1910). Nasceu no Missouri, onde o pai possuía uma fazenda. Anos depois a família mudou-se para o Mississipi, onde o jovem Twain recolheu a essência para compor personagens inolvidáveis.

O seu percurso literário deu início com a morte do pai, quando o jovem abandona os estudos e passa a trabalhar como aprendiz de tipógrafo. Em 1851, divide o trabalho na tipografia de um irmão com a escrita de textos humorísticos. Em pouco tempo passou a colaborar em jornais da Filadélfia e Saint Louis. Era o início de um percurso singular e dos mais arrojados da tradição literária norte-americana.

A partir dos 18 anos, Twain exercitou as mais diversas profissões como garimpeiro, inspetor de minas e piloto de um vapor fluvial, experiência que o ajudou a conceber o pseudônimo adotado — *Mark Twain* é uma expressão regional do Mississipi que significa "duas braças de profundidade", utilizada pelos pilotos fluviais. Sua notória paixão pela navegação levou-o a testemunhar a morte trágica de um irmão, causada pela explosão de uma caldeira. Tais fatos contribuíram para o conscientizar de que seu destino era a literatura.

A rigor, o grande ponto de viragem da sua vida ocorre quando conhece sua companheira, Olivia "Livy" Langdon Clemens, filha de um negociante antiescravagista, e se casam em 1870. A partir daí, Twain passa a intensificar sua crítica social e a produção literária. Em seguida, surgem sucessos como *Tom Sawyer* (1876) e *Huckleberry Finn* (1884).

Mark Twain em Constantinopla, c. 1867, durante as viagens que ele descreveu mais tarde em *The Innocents Abroad* (1869). Biblioteca do Congresso, Washington, DC

    Embora tenha conquistado glória e sucesso, a vida do escritor contrabalançou a riqueza e a ruína. Ele chegou a ter uma editora que faliu, obrigando-o a viajar pela Europa e o Oriente realizando conferências. Foi um caso raro de celebridade literária num tempo em que a leitura não tinha a amplitude que viria a ter.

    Outra tragédia irremediável foi o falecimento de duas das suas filhas e o da mulher. Twain sobreviveu vários anos, sempre envolto em polêmicas e fazendo frente às injustiças, sem diminuir sua verve crítica e o escárnio contundente. Ao falecer, em 1910, legou-nos obras que se tornaram êxitos instantâneos, fixando-se como clássicos

Mark Twain. Biblioteca do Congresso, Washington, DC

modernos. Além disso, deixou alguns livros inéditos, como a *Autobiografia de Mark Twain*, *O diário de Mark Twain*, o *Jubileu da rainha Vitória* e *Cartas da Terra*, que agora publicamos.

Após a morte do autor, os herdeiros procederam de maneira a censurar parte da sua obra, devido ao tom crítico seguido pela ousadia dos temas. Por essa razão, *Cartas da Terra* só viria à luz, em 1962. A censura mais efetiva sobre seu espólio literário foi praticada por sua filha que sobreviveu, Clara, ao obstaculizar a publicação de vários textos mais polêmicos do pai. Nada a estranhar, se tivermos em conta que Twain procurou sempre eludir a censura aos seus textos, defendendo seus ideais de maneira imperativa. Ainda em vida, muitos jornais chegaram a recusar a publicação de artigos

Mark Twain e família

seus sobre discriminação racial e violência, ou a defesa veemente que fez da participação política das mulheres. Tais pressupostos são marcas óbvias da influência de sua companheira, Livy, que o colocou em contato com abolicionistas, ateus e ativistas sociais. Ou seja, o casal demonstrava ter uma consciência política bem à frente do seu tempo, num período de intolerância em todos os níveis sociais, quando a luta pelos direitos civis era um embrião em crescimento.

Publicado mais de meio século após sua morte, *Cartas da Terra* é um genuíno libelo mordaz contra os poderes da religião. Twain compõe um relato corajoso ao despir toda a aura sagrada em torno das premissas bíblicas, inquirindo as contradições ou a irracionalidade que a religião propaga como verdades. Era como se tentasse

Mark Twain e família

desconstruir os dogmas da fé, acicatando as relações entre Deus e os homens, com uma alta dose de ironia cáustica.

Em *Cartas da Terra*, Satã escreve onze epístolas a partir da Terra, onde está no exílio e após ter afrontado Deus. As missivas são dirigidas aos arcanjos Miguel e Gabriel, e narram sobre sua estadia na Terra e as impressões a propósito dos seres humanos e as relações divinas. As cartas são uma mescla de ficção e ensaio, permeadas por um tom sarcástico e crítico que analisa a fé, revelando aspectos ambíguos do homem, que é capaz de matar seu semelhante sem piedade ou remissão e ainda invocar o nome de Deus. De certa maneira, Twain assenta o alvo da sua crítica sobre três pontos: a sexualidade, as doenças e as contradições dos Dez Mandamentos.

A partir de tais premissas, o escritor dirige seu látego crítico sobre questões como o uso da sexualidade na Bíblia e coloca em xeque dados adquiridos, se interrogando, por exemplo, como o criador permite que haja insetos portadores de bactérias suscetíveis de matar sua própria criação, ou seja, homens e mulheres, através de doenças ou epidemias que assolam povos e devassam nações, sem interceder para que tais fatos não ocorram. Além disso, Twain faz uma defesa inflamada da ciência. Portanto, nada mais atual num momento em que o mundo enfrenta uma pandemia colossal, e os interesses religiosos digladiam contra os poderes da ciência e a incredulidade humana.

As argumentações de Twain incidem no flanco do Antigo Testamento, por exemplo, ao comentar o mandamento "Não matarás", enquanto que a narrativa bíblica demonstra que o próprio Deus matou e aniquilou civilizações de maneira implacável.

O resultado deste confronto de ideias é uma obra cujo sarcasmo explícito desperta interrogações plausíveis, demonstrando que Twain tinha a capacidade de abalar a consciência dos leitores, segundo uma perspectiva do mundo que divergia da maioria, mas sempre defendendo suas ideias.

Para o leitor afeito às obras que garantiram a fama do autor, decerto encontrará um objeto distinto daquilo que conheceu até agora. Contudo, Twain nunca ocultou suas tomadas de posição. Ele já era um fiel opositor dos anseios de dominação que os Estados Unidos sempre

Mark Twain com sua filha Clara Clemens e sua amiga
Marie Nichols, c. 1908. Biblioteca do Congresso, Washington, DC

cultivaram. Uma frase lapidar dele explica bem seu pensamento: "Sou anti-imperialista, me oponho que a águia crave suas garras em qualquer terra".

Imbuído de um afã ostensivo e irônico, de um estilo transparente e intenso, Twain se tornou uma referência decisiva para a literatura produzida nos Estados Unidos. Por essa razão, percebemos como ao longo das décadas ele foi adquirindo força e projeção junto a seus coetâneos. Twain soube retratar uma sociedade instável e ao mesmo tempo pôr em dúvida suas bases empíricas. O racismo, a intolerância e o ódio foram o alvo preferido das suas críticas. Por isso, parece bizarro que anos atrás, no estado norte-americano da Virgínia, um dos livros mais emblemáticos da sua lavra — *Huckleberry Finn* —, foi retirado do currículo das escolas, tendo sido considerado racista.

Apesar da incompreensão politicamente correta, sua primazia já fora reconhecida por autores tão distintos como Norman Mailer ou William Faulkner, que não pouparam os elogios. Para Faulkner, "ele foi o primeiro e genuíno escritor americano, todos nós somos seus herdeiros". Ernest Hemingway foi enfático: "Toda literatura moderna americana procede de um só livro de Mark Twain, ou seja, *Huckleberry Finn*. Antes disso, não havia nada".

A atitude do astrofísico que citamos no início deste texto nos ajuda a mensurar a amplitude que o autor galgou com sua arte, rematando de modo simbólico no batismo de um corpo celeste que leva o seu nome, e a projeção extraordinária de uma obra em que a irreverência e o humanismo caminham em uníssono. Isto nos permite vislumbrar os limites que este escritor conseguiu atingir.

Ilustração de Clare Victor Dwiggins "Dwig", 1903

Cartas da Terra
MARK TWAIN

O Criador sentou-se no trono, pensativo. Atrás de si, se estendia o território infinito do céu, repleto em sua glória de luz e calor. Diante dele se erguia como um muro a negra noite do Espaço. Sua corpulência colossal se destacava abrupta como uma montanha, no zênite. Sua cabeça divina fulgurava como um sol longínquo. Aos seus pés havia três arcanjos, figuras extraordinárias, mas diminuídas quase até desaparecerem, em contraste com as cabeças à altura de seus tornozelos. Quando o Criador terminou de refletir, Ele disse:

"Estive pensando, contemplai!"

Ergueu a mão, e dela brotou num jorro de fogo um milhão de sóis fantásticos, que rasgaram as trevas e se ergueram cada vez mais alto, abrandando em magnitude e intensidade ao transpassar as fronteiras remotas do Espaço, até se tornarem pontas de diamantes brilhando na vasta redoma do universo.

Ao fim de uma hora, foi dissolvido o Grande Conselho.

Seus membros se retiraram da presença do Criador, impressionados e cavilosos, se dirigindo a um local privado onde puderam falar à vontade. Nenhum dos três queria tomar a iniciativa, embora desejassem que alguém o fizesse. Ardiam de desejo em discutir o grande acontecimento, mas preferiram não se comprometer até saber o que os outros pensavam. Dessa maneira se desenrolou uma conversa vaga e cheia de pausas sobre assuntos sem importância, que se arrastou sob o tédio, sem direção, até que por fim o arcanjo Satanás se armou de coragem — da qual possuía boa provisão — e abriu fogo. Ele disse: "Todos sabemos o assunto que devemos discutir, senhores, e podemos abandonar os artifícios e começar. Se esta for a opinião do Conselho".

— E é, é! — falaram Gabriel e Miguel, interrompendo agradecidos.

— Muito bem, então podem prosseguir. Fomos testemunha de algo maravilhoso. Estamos necessariamente de acordo quanto a isso. Em relação ao valor — se é que há algum —, é algo que em particular não nos interessa. Podemos ter tantas opiniões sobre isso como quisermos, e este é o nosso limite. Não temos direito de votar. Penso que o Universo estava bem assim e era útil também. Frio e escuridão, um lugar de ocasional descanso após uma temporada nos esplendores exaustivos, e o clima bastante delicado do Céu. Mas isso são pormenores sem importância. O novo aspecto, o grande aspecto é qual, cavalheiros?

— A invenção e introdução de uma lei automática, não supervisionada, autorreguladora, para o governo dessas miríades de sóis e mundos vertiginosos!

— É isso! — disse Satanás. Vocês percebem que é uma ideia estupenda. Nada semelhante surgiu até agora do Intelecto Maior. A Lei — uma Lei Automática —, a lei exata e invariável que não exige vigilância, correção, nem reajustes enquanto durarem as eternidades! Ele disse que estes inumeráveis e gigantescos corpos se precipitariam através das imensidões do Universo pela eternidade, em velocidades inimagináveis, com órbitas precisas, que nunca colidiriam, já que nunca prolongariam ou diminuiriam seus períodos orbitais em mais de uma milésima parte de segundo, em dois mil anos! Este é o novo milagre, o maior de todos, a Lei Automática! E ele assinou um nome: Lei da Natureza, e afirmou que a Lei da Natureza é a Lei de Deus, nomes intercambiáveis para uma e a mesma coisa.

— Sim — concordou Miguel —, e Ele disse que estabelecerá a Lei da Natureza — a Lei de Deus — em todos os seus domínios, que sua autoridade será suprema e inviolável.

— Além do mais — acrescentou Gabriel —, disse que logo criaria animais e os colocaria sob a autoridade desta Lei.

— Sim — respondeu Satanás — eu ouvi, mas não compreendi. O que são 'animais', Gabriel?

— Ah, como saber? Como algum de nós poderia saber? É uma palavra nova.

(O intervalo de três séculos, tempo celestial, é o equivalente a cem milhões de anos, tempo terreno. Entra um Anjo Mensageiro)

— Cavalheiros, Ele está criando os animais. Seria do vosso agrado presenciar tal fato?

Foram, voltaram e ficaram perplexos, em profunda perplexidade. O Criador percebeu e disse:

— Perguntai e responderei.

— Primeiro Divino — disse Satanás fazendo uma reverência — para que servem? — São um experimento sobre a Moral e a Conduta. Observai-os e aprendei.

Havia milhares, estavam em plena atividade. Todos eles atarefados em perseguir um ao outro. Satanás notou, após examinar um deles com um poderoso microscópio.

— Esta besta grande está matando os animais mais fracos, Primeiro Divino.

— Sim, é o tigre. A lei de sua natureza é a ferocidade. A lei de sua natureza é a Lei de Deus. Não pode desobedecê-la.

— Então ao obedecê-la não comete falta alguma, Primeiro Divino?

— Não, não é culpado.

— Essa outra criatura, a que está ali, é tímida, Primeiro Divino, sofre a morte sem resistir.

— Sim, é o coelho. Falta-lhe coragem. É a lei de sua natureza, a Lei de Deus. Deve obedecê-la.

— Então não se pode exigir que contradiga sua natureza para resistir, Primeiro Divino.

— Não. Não se pode obrigar nenhum animal a ir contra a lei da sua natureza, a Lei de Deus.

Após um longo tempo, e formuladas muitas perguntas, disse Satanás:

— A aranha mata a mosca e a devora; o pássaro mata a aranha e a come; o gato montês mata o ganso; todos se matam uns aos outros. São assassinatos em série. Há aqui multidões incontáveis de criaturas e todos matam, todos são assassinos. Não são culpados, Primeiro Divino?

— Não são culpados. É a lei da natureza. E sempre a lei da natureza é a Lei de Deus. Agora, observai, contemplai! Um novo ser, a obra prima: o Homem! Homens, mulheres e crianças surgiram em tropel, aos milhões.

— O que fareis com eles, primeiro Divino?

— Introduzir em cada indivíduo, os distintos graus e tons, as diversas Qualidades Morais em conjunto, aquelas que foram distribuídas como única característica distintiva no mundo animal desprovido do dom da palavra — coragem, covardia, ferocidade, delicadeza, equidade, justiça, astúcia, traição, magnanimidade, crueldade, malícia, violência, luxúria, piedade, compaixão, pureza, egoísmo, gentileza, honra, amor, ódio, vileza, nobreza, lealdade, falsidade, veracidade, insídia. Cada ser humano terá tudo isso em si, e tal constituirá sua natureza. Haverá em alguns características nobres e elevadas que sufocarão as mesquinhas, estes serão chamados de homens bons; outros serão dominados pelas características nocivas, serão chamados de homens maus. Observai, contemplai, eles agora desaparecem!

— Para onde foram, Primeiro Divino?

— Para a Terra, eles e os outros animais.

— O que é a Terra?

— Um pequeno globo que criei uma vez, há dois tempos e meio. Vocês viram, mas não distinguiram na explosão de mundos e sóis que se criaram em minha mão. O homem é uma experiência, os animais são outra. O tempo demonstrará se o esforço valeu a pena. A exibição terminou, podem se retirar, cavalheiros.

Passaram-se vários dias. Isso representa um longo período do nosso tempo, já que no céu um dia equivale a mil anos. Satanás fizera comentários admiráveis sobre algumas das irradiantes indústrias do Criador — comentários que, lendo entrelinhas, resultavam ser sarcásticos. Fizera-os de maneira confidencial aos amigos mais próximos, os outros arcanjos, mas alguns ouviram-no e informaram ao Quartel General.

Foi condenado ao desterro por um dia, um dia celestial. Era um castigo com o qual estava acostumado, graças à sua língua demasiado solta. Antes fora deportado para o Espaço, por não haver outro lugar para onde enviá-lo, pairou ali, enfadado na noite eterna e no frio ártico; mas agora lhe ocorrera ir mais além e procurar a Terra, para ver como estava resultando o experimento da Raça Humana.

Depois de certo tempo escreveu sobre o assunto — em privado — a São Miguel e a São Gabriel.

A carta de Satanás

Este é um lugar estranho, um lugar extraordinário e interessante. Não há nada parecido. Todos são loucos, como os animais, a Terra e a própria Natureza. O homem é de uma curiosidade maravilhosa. Nas condições mais favoráveis, é um gênero de anjo de grau inferior cromado a níquel; nas piores, é indescritível, inimaginável. O homem é um verdadeiro sarcasmo. Com toda sinceridade, se incensa e proclama a si mesmo "a obra mais nobre de Deus". É verdade o que digo. Esta sua ideia não é nova: propagou-a através dos tempos, acreditando nisso. Ninguém, em toda sua raça, riu de tal pretensão. E ainda mais — se posso obrigá-los a fazer um esforço da imaginação — está convencido de ser o favorito do Criador. Pensa que o Criador se orgulha dele, crê inclusive que o Criador o ama, que sente paixão por ele, que se levanta à noite para o admirar. Sim, e que o protege e o livra dos problemas. Reza e acredita que Ele o escuta. Não é uma ideia curiosa? Enche suas orações com louvores toscos, engalanados, de mau gosto, e pensa que Ele sente prazer com tais extravagâncias. Os homens rezam todos os dias pedindo ajuda, favores e proteção, fazem isso com esperança e fé, embora nenhuma das preces tenha recebido qualquer resposta. A afronta diária não o desanima, continuam rezando assim mesmo. Há algo quase nobre em sua perseverança. Agora preciso lhes exigir outro esforço: o homem acredita que irá para o Céu!

Têm mestres assalariados que assim o afirmam. Também dizem que há um inferno de fogo eterno, para onde irá se não respeitar os Mandamentos. O que são os Mandamentos? Algo curioso. Comentarei sobre isso adiante.

Segunda carta

"Nada lhes disse sobre o homem que não seja verdadeiro". Devem perdoar-me se repito, às vezes, esta observação em minhas cartas. Gostaria que levassem a sério o que lhes falo e sinto que se estivesse no lugar de vocês e vocês no meu, precisaria lembrar disso para evitar que minha credulidade pudesse fraquejar. Não há nada no homem que não seja estranho para um imortal. Não vê como vemos, seu sentido das proporções é completamente distinto e seu sentido dos valores diverge tanto que, apesar da nossa grande capacidade intelectual, é improvável que o mais dotado de nós possa entender isso alguma vez. Tome-se como exemplo: imaginou um Paraíso e deixou fora o supremo dos deleites, o único êxtase que ocupa o primeiríssimo lugar no coração de todos os indivíduos da sua raça — e da nossa —, o contato sexual!

É como se um moribundo, perdido num deserto abrasador, permitisse que um eventual salvador pudesse possuir tudo aquilo tão desejado, excetuando um desejo, e este escolhesse eliminar a água.

Seu céu parece com ele — estranho, interessante, assombroso, grotesco. Dou-lhes minha palavra. Não possui uma só característica que ele realmente valorize. Consiste — inteira e completamente — em brincadeiras que não o atraem em absoluto aqui na Terra, mas está convicto de que gostará delas no Céu. Não é estranho? Não é interessante? Não pensem que exagero, não é assim. Dar-lhes-ei mais pormenores.

A maior parte dos homens não canta, não sabem cantar, nem permanecem onde outros cantam, se o canto se prolongar por mais de duas horas.

Prestem a atenção nisso. Somente dois homens em cada cem tocam algum instrumento musical e não há quatro em cem que queiram aprender a tocar. Anotem. Muitos homens rezam, não muitos lhes agrada fazer isso. Uns quantos oram muito tempo, outros abreviam as orações.

Vão à igreja mais homens do que os que realmente querem ir. Para quarenta e nove de cada cinquenta homens o dia santo é sofrivelmente entediante.

De todos os homens que frequentam uma igreja aos domingos, dois terços estão cansados na metade do rito e o resto antes que acabe.

O melhor momento para eles é aquele em que o sacerdote levanta as mãos para as bênçãos. Ouve-se o suave murmúrio de alívio que percorre a nave, apreciando a gratidão.

Cada nação menospreza as demais. Cada nação detesta todas as outras. As nações de raça branca depreciam as nações de cor, de qualquer cor, se puderem, submetem-nas à opressão.

Os homens brancos recusam se misturar com "os negros", ou casar com eles. Não lhes permitem o acesso às suas escolas ou igrejas. Todo mundo odeia os judeus, não os toleram a menos que sejam ricos.

Peço para que anotem estes pormenores. Mais ainda. As pessoas sãs detestam barulho. Todos, sãos ou loucos, gostam de uma vida variada. A monotonia os cansa muito rápido.

Todos os homens, segundo a capacidade mental que tenham tido a sorte de cultivar, exercitam sempre o intelecto, sem cessar, este exercício constitui uma parte essencial, ampla e apreciada da sua vida.

O que detém um intelecto inferior, assim como aquele com um superior, possuem algum tipo de habilidade, e sentem grande prazer em colocá-lo à prova, aperfeiçoando e certificando essa habilidade.

O garoto que supera seu companheiro num jogo, é tão diligente e entusiasta com sua prática como é o escultor, o pintor, o pianista, o matemático e outras pessoas. Nenhum seria feliz se o seu talento lhe fosse proibido.

Agora vocês têm os fatos. Sabem o que a raça humana gosta e o que odeia. Inventou um Céu, que tirou da sua própria cabeça, adivinhem como é! Nem em mil e quinhentas eternidades conseguiriam adivinhar. Nem a mente mais habilitada que a de vocês ou a minha, em cinquenta milhões de infinitudes poderia fazer. Muito bem, vou lhes dizer como é:

1. Antes de tudo, lhes recordo do fato extraordinário pelo qual comecei. A saber, que o ser humano, como os imortais, valoriza o ato sexual acima de todos os demais prazeres, mesmo assim excluiu-o do seu paraíso!; só pensar no ato o excita, a oportunidade o enlouquece. Dessa maneira e para alcançar o irresistível clímax, está disposto a arriscar a vida, sua reputação, tudo, até o próprio e estranho Paraíso. Desde a juventude até a idade madura os homens e mulheres valorizam a cópula acima de todos os prazeres combinados; é como lhes disse, no Céu destes seres a oração ocupa o seu lugar. É assim que a apreciam, mas com todos seus chamados "dons", é uma insignificância. Em sua melhor e mais plena realização o ato é breve, muito além do que se possa pensar, quer dizer, de quanto um imortal possa imaginar. Em relação à repetição, o homem é limitado, oh, muito mais do que os imortais possam conceber. Nós, os que prolongamos o ato e seu êxtase supremo, sem interrupção e sem retração durante séculos, nunca poderemos compreender e nos compadecer de forma adequada sobre a enorme pobreza destes seres, no que se refere a essa esquisita graça que, tal como a possuímos, se tornem tão triviais as outras possessões que nem sequer vale a pena mencionar.

2. No Céu do homem *todos cantam*! Os que não cantavam na Terra, todos o fazem aqui, o que não sabia cantar na Terra, aprendeu aqui. Esse canto universal não é casual nem circunstancial, nem se atenua com intervalos silenciosos; continua ininterrupta e diariamente durante um período de doze horas. Todos permanecem lá; enquanto que na Terra, o lugar ficaria vazio em duas horas. O canto consiste em hinos religiosos. Não é só um hino religioso. As palavras são sempre as mesmas, em redor de uma dúzia, não há rima, não há poesia: "Hosana, hosana, hosana, senhor Deus, ra! ra! ra! siss! bum!... Ah!

3. Entretanto, muitas pessoas tocam harpa: milhões e milhões, embora na Terra não mais do que vinte em cada mil saibam tocar um instrumento, ou sequer desejem fazê-lo alguma vez. Pensem nesse furacão de som ensurdecedor: milhões e milhões de vozes gritando ao mesmo tempo. Eu lhes pergunto: é odioso, detestável, horrível? Considerem mais: é um ofício de louvor, uma liturgia de louvação, de bajulação e lisonja! Vocês me perguntam quem é que está disposto a tolerar esta estranha e insana adulação; não só a suporta, mas a desfruta, exige e a ordena? Suspendam a respiração! É Deus! O Deus desta raça, quero dizer. Ele se senta em seu trono, acompanhado por seus vinte e quatro anciãos e outros dignitários da corte, passeia o olhar sobre quilômetros de adoradores tempestuosos e sorri, sussurra, inclinando

a cabeça de aprovação rumo ao Norte, ao Leste e ao Sul: o espetáculo mais raro e simples imaginado até agora neste universo, ao meu modo de pensar. É fácil deduzir que o Inventor do céu não foi o criador original, mas copiou as cerimônias teatrais de algum pobre e insignificante estado soberano de algum recanto das atrasadas povoações do Oriente. Toda a pessoa branca e sã detesta o barulho e aceita com tranquilidade um céu deste gênero — sem pensar, sem refletir, sem estudá-lo — e na verdade quer alcançá-lo. Velhos de cabeça branca, muito devotos, empregam grande parte do seu tempo em sonhar com o dia feliz em que deixarão esta vida para penetrar nas alegrias desse lugar. Apesar disso, vê-se o que é irreal para eles e como são pouco convencidos de que seja um fato, porque não fazem nenhum preparativo prático para a grande mudança. Nunca se vê nenhum deles com uma harpa, nem se ouve algum deles cantar. Como podem ver, este espetáculo singular é uma cerimônia de louvação por prostração. O céu é representado pela "igreja". Muito bem, na Terra essa gente não consegue suportar tanta igreja. Uma hora e quinze é o máximo e se estabelece o limite de uma vez por semana. Quer dizer, o domingo. Um dia a cada sete; e ainda assim não aguarda com ansiedade. Consequentemente, considerem o que o Céu lhes reserva: uma "igreja" que dura para sempre e um sabat que não tem fim! Aqui se cansam logo do seu breve sabat hebdomadário, mas desejam com ânsia o que é eterno; sonham com isso, falam dele, pensam que vão desfrutar, com todo seu coração simples acham que vão ser felizes com isso! Eles não pensam em absoluto, apenas pensam que pensam. Nem dois de cada dez seres humanos têm o que pensar. Quanto à imaginação, oh, bom, considerem o seu Céu! Aceitam-no, o aprovam e o admiram. É um parâmetro da sua capacidade intelectual.

4. O inventor desse Céu inclui nele todas as nações da Terra num pacote comum. Em absoluta igualdade, nenhuma se destaca sobre as outras; todos têm que ser "irmãos", misturar-se, rezar juntos, tocar harpa e cantar hosanas — brancos, pretos e judeus, sem distinção —. Aqui na Terra as nações se odeiam umas às outras e todas odeiam os judeus. As pessoas piedosas adoram esse Céu e querem entrar nele. De fato, o desejam. Em suas abduções de santidade pensam que se estivessem ali trariam todo o populacho junto ao seu coração e o abraçariam! O homem é uma maravilha! Gostaria de saber quem o inventou.

5. Cada homem da Terra possui um pouco de intelecto, grande ou pequeno, do qual se orgulha. O seu coração se expande perante a menção dos líderes intelectuais da sua raça e ama os relatos dos seus esplêndidos erros. Porque compartilham o mesmo sangue, ao se cobrirem de glórias honram seus descendentes. Olhai — exclama —, o que a mente do homem pode fazer!; e logo passa aos ilustres de todas as épocas. Assinala

as literaturas imperecíveis que deram ao mundo, as maravilhas mecânicas que inventaram, as glórias com que adornaram as ciências e as artes. Diante deles se descobre como se estivesse na frente de reis, e lhes rendem as mais profundas homenagens, o mais sincero que possa oferecer seu coração exultante — e sobrepõe dessa maneira o intelecto acima das outras coisas do mundo — entronizando-o sob a abóbada celestial numa supremacia inalcançável. Logo idealiza um Céu sem assomo de intelectualidade.

É estranho, curioso, surpreendente? É exatamente como estou contando, embora possa parecer incrível. Este sincero adorador do intelecto e pródigo remunerador dos seus serviços aqui na Terra, inventou uma religião e um paraíso que não rendem homenagem alguma ao intelecto, nem lhe oferecem distinções, nem o tornam objeto da sua liberalidade. Na realidade, nunca o mencionam. Já devem ter notado que o Céu do ser humano foi projetado e construído sobre um plano definido em absoluto; este plano contém um pormenor elaborado de tudo aquilo que é repulsivo para o homem, nada do que goste! Muito bem, quanto mais prosseguirmos, mais aparente será este curioso fato. Tomem nota disso. No Céu do homem não há exercício para o intelecto, nada que o possa nutrir. Apodreceria ali em um ano e acabaria por feder, e neste estado atingiria a santidade. Uma bênção, porque só os santos podem tolerar os deleites deste manicômio.

Terceira carta

Nesta altura, já devem saber que o ser humano é uma coisa muito peculiar. Em tempos passados teve centenas de religiões, ao esgotá-las, descartou-as. Hoje, mantém centenas e centenas delas, acredita em não menos do que três a cada ano. Embora aumentasse as cifras, continuaria abaixo da realidade. Uma das principais religiões é a chamada Cristã. Hão de estar seguramente interessados que lhes faça uma breve descrição desta religião, a qual é explicada num livro de dois milhões de palavras, o Velho e o Novo Testamento. É conhecido também com outro nome: a Palavra de Deus. Os cristãos creem que cada palavra do livro foi ditada por Deus, este sobre o qual estou lhes falando.

Este é um livro de interesse extraordinário, repleto de nobre poesia, que contém várias fábulas agradáveis, algumas histórias sanguinárias, um ou outro bom conselho moral e uma incrível quantidade de obscenidades. Inclui não menos do que mil mentiras.

No essencial, a Bíblia é constituída de fragmentos de outras bíblias que ficaram fora de moda e depois entraram em decadência: precisa, portanto, de toda originalidade. Os três ou quatro acontecimentos mais impressionantes e importantes que se narram nela estavam já nas bíblias precedentes, o mesmo se pode dizer a respeito dos preceitos ou das mais louváveis das suas normas de comportamento. Há só um par de coisas novas: o inferno, por exemplo, e esse gênero de paraíso, sobre o qual lhes falei noutra das minhas cartas.

O que podemos fazer? Se acreditamos, como essa gente, que Deus inventou tais crueldades, O difamamos; se cremos que eles as inventaram, difamamos os homens. É um desagradável dilema em qualquer caso, porque nenhuma das partes nos fez algum dano.

Tomemos o partido a favor da paz. Unamos forças com essa gente e transportemos este ofensivo cargo a Ele: o Céu, o inferno, a Bíblia, tudo. Não é bom, nem parece justo, considerar esse Céu opressivo, cheio de tudo o que é repulsivo para o ser humano, como podemos crer que um ser humano o inventou? E quando chegar a lhes falar do inferno, a pressão será ainda maior, vocês provavelmente hão de dizer: não, nenhum homem criará um lugar semelhante nem para si mesmo nem para outro; é simplesmente impossível.

A ingênua Bíblia nos faz o relato da Criação. Do quê? Do Universo? Sim, precisamente do Universo. E em seis dias!

Seu autor é Deus, o qual concentrou toda sua atenção sobre este mundo e o construiu em cinco dias; mas lhe bastou um só para criar vinte milhões de sóis e ao menos oitenta milhões de planetas.

Para que servia tudo isso, segundo suas intenções? Apenas para iluminar este mundinho dos homens. Este foi seu único objetivo, e nenhum outro. Um dos vinte milhões de sóis (o mais pequeno) devia iluminar a Terra de dia, e o resto tinha a função de ajudar uma das inumeráveis luas do universo a aliviar as trevas da noite.

É evidente que ele acreditava que seus fulgurantes céus estavam semeados de diamantes, com miríades de estrelas titilantes como o sol do primeiro dia se fundindo no horizonte; quando na realidade nem uma estrela poderia brilhar nessa negra abóbada até três anos e meio depois que se completasse a formidável indústria daquela semana memorável[1]. Logo surgiu uma estrela, única, solitária, e começou a brilhar. Três anos mais tarde apareceu outra. As duas brilharam juntas por mais de quatro anos antes que se unisse à terceira. Ao fim da primeira centúria não havia sequer vinte e cinco estrelas brilhando nas vastas imensidões desses tristes céus. Ao fim de mil anos não existia ainda o número suficiente de estrelas visíveis para constituir um espetáculo. Ao fim de um milhão de anos a metade do desenvolvimento atual havia enviado sua luz através das fronteiras telescópicas, e passou outro

---

[1] A luz da estrela mais próxima, 61 Cygni, leva três anos e meio para chegar à Terra, viajando numa velocidade de 186.000 milhas por segundo. A luz da estrela Arcturo já brilhava duzentos anos antes de atingir a Terra. Estrelas longínquas só se tornaram visíveis após milhares e milhares de anos. The Editor [M. T.]

milhão de anos até que sucedesse o mesmo com o resto. Não havendo telescópios nessa época, não foi possível observar o advento.

Há trezentos anos os astrônomos cristãos sabem que a Divindade não criou as estrelas naquele fatídico dia, mas o astrônomo cristão não se detém nesses detalhes. Tampouco o sacerdote o faz. Em seu Livro, Deus é eloquente no louvor das suas poderosas obras, e as qualifica com os maiores nomes que encontra, indicando assim que sente uma forte e justa admiração pelas magnificências; por outro lado, fez os milhões de sóis prodigiosos para iluminar este orbe pequeníssimo, em vez de assinalar ao pequeno sol daqui a obrigação de os assistir. Ele menciona Arcturo; fomos lá uma vez. É uma das lâmpadas noturnas da Terra! Esse globo gigantesco que é cinquenta mil vezes maior que o sol desta Terra, comparado com ele é como um melão diante de uma catedral. Apesar disso, os jovens aprendem na escola dominical que Arcturo foi criado para ajudar a iluminar a Terra; e a criança cresce e continua acreditando, mesmo após ter descoberto que todas as probabilidades estão contra ela.

Segundo a Bíblia e seus servos, o universo tem apenas seis mil anos. Nos últimos cem anos, algumas mentes estudiosas e inquisitivas descobriram que sua formação se aproxima dos cem milhões de anos.

Em seis dias Deus criou o homem e os outros animais.

Criou um homem e uma mulher e os pôs num delicioso jardim, junto com outras criaturas. E ali viveram em harmonia durante algum tempo, felizes e com a juventude florescente. Mas não durou muito. Deus advertira o homem e a mulher que não comessem o fruto de uma certa árvore. Acrescentou uma advertência muito estranha: disse que se comessem esse fruto morreriam. Estranho, posto que se eles não soubessem o que era a morte, não poderiam entender o que Deus queria dizer com isso. Nem Ele nem nenhum outro Deus poderia lhes fazer entender, esses filhinhos inocentes, o que queria dizer sem lhes mostrar ao menos um exemplo. A palavra precisava de sentido para eles, como para uma criança recém nascida.

Pouco depois, uma serpente os procurou, se dirigiu até eles erguida, como era costume das serpentes naquele tempo. A serpente lhes assegurou que o fruto proibido encheria de conhecimento suas mentes vazias. Eles comeram, o que era natural, pois o homem foi feito de tal maneira que sempre está ansioso de saber, ao contrário do sacerdote eleito como representante e imitador de Deus, cuja tarefa desde o primeiro momento fora evitar que aprendera algo útil.

Adão e Eva comeram, pois, o fruto proibido e de imediato uma grande luz penetrou em suas mentes obscuras. Haviam adquirido conhecimentos. Que conhecimentos? Conhecimentos úteis? Não, simplesmente o conhecimento de que existia uma noção de bem e uma do mal, e como fazer o mal. Portanto, até este momento todos seus atos haviam sido sem mácula, sem culpa, inocentes.

Mas agora podiam fazer o mal e sofrer por isso; agora haviam obtido o que a Igreja chama de possessão impagável: o sentido moral. Este sentido que distingue o homem do animal e o coloca numa situação superior e não inferior, em que se poderia supor que era o lugar apropriado, posto que ele tem sempre a mente suja e é culpado, e os animais têm sempre a mente limpa e são inocentes. É como considerar mais valioso um relógio que tende sempre a se decompor do que um que permaneceria intacto.

A Igreja considera o Sentido Moral como a mais nobre possessão do homem na atualidade, embora a Igreja saiba que Deus tem, sem sombra de dúvidas, uma opinião muito pobre deste sentido e que fez o quanto pôde, embora com pouco tino como sempre, para impedir que seus ditosos filhos do Éden o adquirissem.

Adão e Eva sabiam agora o que era o mal e como praticá-lo. Sabiam como concretizar distintas formas de atos maus, entre eles sobressaía um, o que mais preocupava Deus: a arte e o mistério das relações sexuais. Para o casal, foi uma descoberta magnífica, tanto que deixaram de passear e se dedicaram de corpo e alma a essa atividade, pobres jovens entusiastas. Estavam precisamente dedicados a uma destas celebrações, quando sentiram que Deus se aproximava, caminhando entre o matagal, que é um dos seus hábitos vespertinos, e ficaram paralisados de medo. Por que? Estavam nus, antes não tinham consciência disso, não se importavam. Tampouco Deus.

Foi neste momento memorável que nasceu o pecado e certas pessoas julgam desde então, ainda que lhes custasse dizer por quê.

Adão e Eva entraram no mundo nus, sem qualquer vergonha, despidos e puros de coração, nenhum dos seus descendentes chegou ao mundo de outra forma: todos nasceram desnudos, puros de coração, sem pensar que a nudez é impudica. Foi preciso que adquirissem o sentido do pecado e uma mente suja; não havia outra maneira de conseguir isso. O primeiro dever de uma mãe cristã consiste em corromper o ânimo do seu filho, é dever que nunca se descuide. Se sua criatura cresce e chega a ser um evangelizador, sua missão consistirá em ir aonde estão os selvagens inocentes ou os japoneses civilizados, e lhes corromper o ânimo. Depois disso, todos descobrem o pecado, ocultam seus corpos e deixam de tomar banho juntos.

A convenção chamada erradamente de pudor, não tem grau de normalidade e não pode ter, porque contraria a natureza e a razão. Portanto, é um artifício e está sujeita a uma ocorrência, ao capricho doentio de qualquer um. Na Índia, a dama refinada cobre seu rosto e os seios e deixa as pernas nuas, enquanto que a dama refinada europeia cobre as pernas e expõe o rosto e os seios. Em terras habitadas por selvagens inocentes, a refinada dama europeia logo se acostuma com a nudez absoluta dos nativos adultos e deixa de se sentir ofendida. No século XVIII, um conde e uma condessa franceses muito cultos — sem nenhum parentesco entre si — naufragaram numa ilha desabitada, sem outra roupa senão a de dormir. Logo ficaram nus, e envergonhados. Ao fim de uma semana sua nudez já não os molestava, depois deixaram de pensar nela.

Vocês nunca viram uma pessoa com roupa. Muito bem, não perderam nada.

Mas prossigamos com as curiosidades bíblicas. Como é natural, hão de pensar que a ameaça de castigar Adão e Eva por sua desobediência não se mantivera, em vista de que não foram criados por si mesmos, nem por sua natureza, nem pelas suas debilidades, e por isso não podiam ser responsáveis por seus atos diante de ninguém. Vocês se surpreenderão ao saber que a ameaça foi de fato mantida: Adão e Eva foram castigados e até hoje há defensores deste crime. A sentença de morte foi executada. Como poderão notar com facilidade, a única pessoa responsável pela falta cometida não teve nenhum castigo. Mais ainda, se transformou no verdugo dos inocentes. No vosso país, assim como no meu, poderíamos burlar este gênero de moralidade, mas não seria amável fazê-lo na Terra. Muitos homens possuem a capacidade de raciocinar, mas não a usam em matérias religiosas.

Os intelectos mais iluminados lhes diriam que quando um homem procria um filho, o pai está moralmente obrigado a cuidar dele com ternura, protegê-lo das feridas e das enfermidades, vesti-lo, alimentá-lo, suportar os seus caprichos, colocar a mão na sua cabeça a não ser como gesto de afeto ou para seu bem, e nunca, em nenhuma hipótese, lhe infligir alguma crueldade arbitrária. A maneira como Deus trata seus filhos, dia e noite, é o contrário. Estes intelectos iluminados justificam com ênfase tais crimes, os perdoam e rechaçam indignados que se considerem crimes quando é Ele quem os comete.

Vosso país e o meu são, sem dúvida, interessantes, mas não há nada ali que se aproxime à mente humana.

Dessa maneira, Deus expulsou Adão e Eva do Paraíso terreno, ou seja, os assassinou. Pelo simples motivo de terem desobedecido uma ordem que Ele não tinha direito algum de estabelecer. Mas a coisa não parou aí, como poderão ver. Deus tem um código moral para Si mesmo, e outro distinto para seus filhos. Exige que tratem com justiça e soberana bondade os pecadores, que lhes perdoem não uma vez, mas setenta vezes sete, enquanto Ele não tratou ninguém com bondade e justiça. Não perdoou sequer o primeiro pecado desse casal de jovens inexperientes, tranquilos e castos. Se lhes tivesse dito: "Desta vez não castigarei vocês, vou colocá-los à prova mais uma vez". Ao contrário, decidiu castigar inclusive os filhos deles pela eternidade, por uma culpa trivial cometida por muitos outros antes de terem nascido. E continua castigando. Com delicadeza? Óbvio que não, de uma maneira atroz.

Hão de pensar que um ser que se porta como Ele, não deve ser muito amado entre os homens. Nem imaginam: o mundo o chama de Justo, Virtuoso, Bom, Clemente, Bondoso, Compassivo, Aquele que mais nos ama, Fonte de toda verdade e toda moral. E sarcasmos parecidos se repetem todo dia pelo mundo inteiro, mas não são sarcasmos deliberados. Não, falam com toda seriedade e os pronunciam sem um sorriso.

Quarta carta

Dessa maneira, o Primeiro Casal foi expulso do Éden sob uma maldição eterna. Perderam todos os prazeres que possuíam antes da "queda", e eram ricos porque ganharam algo que valia por todo o resto: conheciam a Arte Suprema. Praticavam-na com diligência e se sentiam plenos de satisfação. A Deidade lhes ordenara a prática. Desta vez eles obedeceram. Mas foi bom que não lhes proibissem, pois praticaram de várias formas, ainda que tenham sido reprimidos por mil Deidades. Sobrevieram as consequências. Com o nome de Caim e Abel, estes dois filhos tiveram duas irmãs e souberam o que fazer com elas. E novas consequências ocorreram. Caim e Abel engendraram segundos primos. Neste ponto a classificação dos parentescos começou a ficar difícil, e abandonaram a ideia de mantê-la.

A grata tarefa de povoar o mundo continuou de uma época para outra, com mais eficiência. Nestes tempos ditosos os sexos eram eficientes na Arte Suprema, quando na verdade deveriam ter morrido há oitocentos anos. O sexo precioso, amado, belo, estava então manifestamente no seu apogeu que atraía até os deuses. Verdadeiros deuses desciam do céu e passavam momentos de gozo delicioso com estes cálidos jovens. A Bíblia narra isso. Com a ajuda destes visitantes estrangeiros, a povoação aumentou até totalizar milhões. Mas foi uma desilusão para a Deidade. Estava descontente com sua moral, que, em determinados aspectos, não era melhor do que a sua. Na realidade era uma imitação da sua descomedidamente boa. Decidiu que o povo era mau, como não sabia de que modo refazê-lo, resolveu aboli-lo de forma ajuizada. Esta é a única ideia superior e evoluída que a sua Bíblia acredita, estabelecera sua reputação para sempre, se se mantivesse firme conseguiria realizar isso. Mas sempre foi instável — exceto na sua propaganda — e sua resolução positiva cedeu. Se sentia orgulhoso do homem. Era sua melhor criação, o seu favorito depois da mosca comum, não podia suportar a ideia de perdê-lo, por isso decidiu salvar alguns exemplares e afogar o resto.

Era tudo típico d'Ele. Criara todos os seres infames e só Ele era responsável por sua conduta. Nenhum deles merecia a morte, mas extingui-los era uma boa política, sobretudo porque ao criá-los cometera o crime maior, estava claro que ao lhes permitir que continuassem procriando, aumentaria esse crime.

Ao mesmo tempo, não podia haver justiça, igualdade nem favoritismo algum, deviam afogar-se todos ou nenhum.

Não, mas Ele quis isso, teve que salvar meia dúzia e colocar a raça à prova mais uma vez. Não podia prever que se corromperiam de novo, porque Ele é sapientíssimo só na propaganda. Salvou Noé e sua família e fez preparos para eliminar o resto. Ele desenhou a Arca e Noé a construiu. Nenhum dos dois construíra uma arca antes, nem sabia qualquer coisa sobre elas; era preciso esperar que o resultado fosse fora do comum. Noé era um camponês, embora soubesse que requisitos devia usar na Arca, era absolutamente incapaz de dizer se esta seria do tamanho apropriado (e não era) para cumprir com as necessidades, de maneira que não se aventurou a dar conselhos. A Deidade ignorava se era bastante grande, mas correu o risco e não tomou as medidas adequadas. Por fim, a nave ficou demasiado pequena, e o mundo continua a sofrer as consequências.

Noé construiu a Arca. Construiu-a da melhor forma que pôde, mas esqueceu a maioria dos detalhes essenciais. Não tinha timão, velas, bússola nem bombas, não tinha carta de navegação, nem âncora, luz ou ventilação. Quanto ao espaço para a carga — que era o principal —, o melhor é não falar nada a respeito. Deveria permanecer onze meses no mar e precisava do dobro do seu volume de água potável. Não podia utilizar a água exterior, a metade seria água salgada, nem os homens nem os animais poderiam bebê-la.

Deveriam salvar um exemplar do homem, e exemplares dos demais animais. Vocês precisam compreender que quando Adão comeu a maçã do Jardim e aprendeu a se multiplicar e reproduzir, os outros animais também aprenderam a Arte observando Adão. Foi muito inteligente da parte deles, muito hábil, porque tiraram proveito da maçã quando valia a pena, sem provar nem se castigar com a aquisição do desastroso Sentido Moral, pai de todas as imoralidades.

Quinta carta

Noé deu início à seleção dos animais. Devia haver um casal de cada espécie de criatura que caminhara ou se arrastara, nadara ou voara, no mundo da natureza vivente. Só podemos deduzir o tempo empregado e o custo, pois não há registros sobre tais detalhes. Quando Símaco fez os preparativos para iniciar seu jovem filho na vida adulta da Roma imperial, enviou homens até a Ásia, África, em todas as partes, para caçarem animais a serem usados nas lutas do circo. Três anos foram empregues pelos homens para reunir os animais e levá-los a Roma. Apenas quadrúpedes e jacarés, nada de aves, serpentes, rãs, vermes, piolhos, ratos, pulgas, carrapatos, aranhas, moscas, mosquitos, nada além dos quadrúpedes e jacarés, exceto os que lutavam. E foi como lhes disse: levaram três anos para reuni-los, o custo dos animais e o transporte, o pagamento dos homens somou quatro milhões de dólares.

Quantos animais? Não sabemos. Mas foram menos de cinco mil, pois foi este o número atingido para os espetáculos romanos, e foi Tito, não Símaco, quem conseguiu, comparados com o que Noé se comprometeu fazer. Quanto às aves, bestas e seres da água doce, era preciso reunir cento e quarenta e seis mil espécies e mais de dois milhões de tipos de insetos.

É difícil capturar milhares e milhares desses bichos, e se Noé não se dera por vencido e renunciado, ainda estaria na tarefa, como diz o Levítico. Mas não quero dizer que abandonou. Reuniu tantos seres que poderia acolher e logo parou.

Se conhecesse a realidade desde o início, saberia que na verdade precisaria de uma frota de arcas. Mas ele ignorava quantas espécies de animais existiam, tal como seu Chefe. Daí que não tenha incluído nenhum canguru, gambá, monstro de Gila nem ornitorrinco, e faltou uma multidão de criaturas indispensáveis que o amado Criador dispusera ao homem, além das que esquecera ao se embrenhar numa parte do mundo que Ele nunca vira e de cujas atividades não estava ciente. Assim, todas essas espécies se livraram de morrer afogadas.

Escaparam por acidente. Não houve água suficiente para cobrir tudo. Só atingiu um pequeno rincão do globo que acabou por ser inundado. O resto do território era desconhecido e se supunha inexistente.

O que real e finalmente levou Noé decidir a ficar com espécies satisfatórias do ponto de vista estritamente prático, e deixar que as demais se extinguissem, foi um incidente ocorrido nos últimos dias. Um forasteiro excitado chegou com notícias alarmantes. Contou que acampara entre vales e montanhas há seis mil milhas de distância, onde havia algo maravilhoso. Quando, de pé, à beira de um precipício, contemplava um vale amplo, viu avançar um mar negro e agitado de uma estranha vida animal. Símios grandes como elefantes, rãs na proporção de vacas; um megatério e seu harém numeroso; muitos sáurios, um grupo após outro, uma família atrás da outra, de trinta metros de largura, nove de altura e duplamente belicosos; um deles chicoteou com a cauda um desprevenido touro Durham e o fez voar quase cem metros pelo ar até cair aos pés do homem, perecendo em seguida num suspiro. O forasteiro afirmou que estes animais prodigiosos ouviram sobre a Arca e vinham a caminho, para se salvar do dilúvio. Não vinham aos pares, vinham todos, não sabiam que os passageiros estavam limitados a um casal, disse o homem, de toda maneira não lhes interessavam regulamentos; estavam decididos a embarcar ou exigiriam boas razões para não o fazer. O homem afirmou que a Arca não poderia conter nem a metade deles. Além do mais, estavam esfomeados e comeriam o que houvesse, inclusive outros animais e a família.

Tais fatos foram omitidos do relato bíblico. Não se encontra nem o menor indício deles. O assunto foi silenciado. Não se faz menção sequer a estes grandes seres. Isso demonstra que quando se deixa uma lacuna culpável num contrato, o assunto pode ser dissimulado, tanto nas bíblias como em qualquer parte. Esses poderosos animais seriam agora de inestimável valor para os homens, já que o transporte é tão caro e difícil, mas se perderam. Por culpa de Noé todos se afogaram. Alguns deles há oito milhões de anos.

O forasteiro contou sua história a Noé, que considerou partir antes da chegada dos monstros. Teria partido de imediato, mas os estofadores e decoradores do salão das moscas tinham que dar os últimos retoques, e isso atrasou um dia. Demorou mais um dia para embarcar as moscas, pois havia sessenta e oito bilhões e a Deidade temia ainda que não fossem suficientes. Outro dia foi perdido acumulando quarenta toneladas de lixo selecionadas para o sustento das moscas.

Enfim, Noé partiu no tempo certo, porque a Arca ao alcançar a linha do horizonte os animais chegaram, unindo seus lamentos ao das multidões de pais e mães que choravam e assustavam os pequenos que se agarravam às rochas varridas pelas ondas sob a chuva torrencial. Elevavam suas orações ao Ser Imensamente Justo e Misericordioso que nunca respondera a uma prece desde que os penhascos se formaram por acumulação de um grão de areia após o outro, e continuaria sem responder uma só delas, enquanto os séculos se transformassem em areia outra vez.

Sexta carta

A terceira jornada, à volta do meio-dia, se descobriu que faltava uma mosca. A viagem de regresso foi longa e difícil, devido à carência de cartas de navegação e bússola, pelo aspecto variável da costa, com altas marés cobrindo ou alterando os pontos de referência. Depois de dezesseis dias de busca séria e fiel, encontraram a mosca, que foi recebida com hinos de louvor e gratidão, enquanto a família se mantinha em sinal de respeito à sua origem divina. Estava extenuada e o tempo ruim produzira ferimentos nela, exceto isso estava em boas condições. Muitos homens morreram de fome com suas famílias nos pontos áridos, mas não faltou comida à mosca. A multidão de cadáveres se oferecia em putrefata e fétida abundância. Assim foi salvo providencialmente o inseto sagrado.

Providencial, essa é a palavra certa. Porque a mosca não fora abandonada por acidente. A mão da providência interveio. Acidentes não existem. Tudo sucede com algum fim. Está previsto desde as origens, desde o princípio dos tempos. Da aurora da Criação o Senhor previra que Noé, alarmado e confuso perante a invasão dos prodigiosos, futuros fósseis, fugiria para o mar de forma prematura deixando para trás um mal impagável. Noé poderia contrair doenças e contagiar as novas raças humanas na medida em que estas apareciam no mundo, mas lhe faltaria o melhor: a febre tifoide, um mal que, se as circunstâncias são em especial favoráveis, pode arruinar um paciente por completo sem o matar. Talvez possa se incorporar de novo com amplas expectativas de vida, mas surdo, mudo, cego, inválido e idiota. A mosca é seu principal agente. É mais competente e calamitosamente eficaz do que todos os outros propagadores de flagelo juntos. Assim, pré-ordenada desde o início, essa mosca não embarcou com o intuito de buscar um cadáver com febre tifoide, alimentar-se da podridão e untar as patas com os germes para transmiti-los como tarefa permanente ao mundo repovoado. Nos séculos transcorridos desde então, bilhões de leitos de enfermos foram abastecidos por essa mosca, que enviou bilhões de corpos em ruínas, arrastando-se pela terra, já repleto de cadáveres para encher bilhões de cemitérios.

É bem difícil compreender a natureza do Deus da Bíblia, tal é a desordem das suas contradições. Com a instabilidade da água e a firmeza do ferro, uma moral abstrata e de bondade hipócrita, composta de palavras, uma moral concreta e infernal expressa em atos; com dádivas efêmeras das que se arrepende para cair na malignidade permanente.

Após muito cavilar, se chega à chave da sua natureza, é possível enfim entendê-la. Com uma sinceridade juvenil, intrigante e surpreendente, Ele mesmo nos dá a chave. São os céus!

Imagino que isso os deixará sem respiração. Vocês sabem — por que lhes disse numa carta anterior — que entre os seres humanos os céus são claramente considerados como um defeito; uma das marcas distintivas de todas as mentes pequenas, da qual até a mais ínfima se envergonha. Negam, mentindo, os acusam de tal debilidade pois a acusação fere como um insulto.

Não esqueçam os céus, recordem-no. São a chave, com esta chave chegamos a compreender Deus no devido tempo, sem ela ninguém consegue entendê-lo. Como disse, Ele mesmo exibe esta chave de modo que todos a possam conhecer. Cândido e sereno, diz com a maior desenvoltura: "Eu, o Senhor teu Deus, sou um Deus cioso".

É só outra forma de dizer: "Eu, o Senhor teu Deus, sou um pequeno Deus preocupado com as pequenas coisas".

Ele advertira. Não poderia suportar a ideia de que nenhum outro Deus recebera uma parte da homenagem dominical dessa cômica e insignificante raça humana. Queria tudo para Si, valorizava isso. Para Ele representava riqueza; exatamente como as moedas de latão para os zulus.

Mas esperem, não sou justo; não o apresento como é, o dano me levou a dizer o que não é certo. Não disse que queria todas as lisonjas; não disse que não estivera disposto a compartilhar com os outros deuses; o que disse foi: "Não colocarás outro Deus antes de mim".

É algo muito diferente, e o dispõe numa melhor posição, confesso. Havia uma abundância de deuses. Os bosques, segundo dizem, estavam cheios deles, e tudo o que Ele pedia era para ser considerado na mesma categoria que os demais, não acima deles, tampouco abaixo. Estava disposto que eles fertilizassem as virgens terrenas, mas sem lhes conceder melhores termos do que os que podia reservar para Si mesmo. Queria ser considerado um igual. Sobre isso insistiu com a mais nítida das linguagens; não permitiria outros deuses antes d'Ele. Podiam marchar ombro a ombro, mas nenhum deles poderia encabeçar a procissão, nem reclamar para si o direito de o fazer.

Creem que pôde manter-se nesta reta e honorável posição? Não. Poderia esperar uma determinação negativa para sempre, mas não manter uma positiva nem pelo prazo de um mês. Gradualmente descartou esta e, com frieza, reclamou ser o único Deus do universo.

Como dizia, os céus são a chave; estão presentes através de toda Sua história num lugar proeminente. São o sangue e os ossos da Sua natureza, a base do seu caráter. Uma insignificância pode destruir Sua compostura e desordenar Seu juízo, se despertar os Seus céus! E nada excita esta Sua característica tão rápida e segura, de uma maneira tão exagerada, como a suspeita de que se avizinha da competência. O temor de que se Adão e Eva comessem da árvore do Conhecimento poderiam se tornar "deuses", O deixou tão cioso que Sua razão foi afetada, não pôde tratar estes pobres seres com justiça ou caridade, nem sequer esperar para tratar sua inocente posteridade de forma cruel e criminosa.

Até hoje, Sua razão não conseguiu se sobrepor a esse abalo; desde então é possuído por uma louca sede de vingança e Seu engenho natural atingiu quase a extenuação tentando inventar dores, misérias, humilhações e sofrimentos que amarguem a vida breve dos descendentes de Adão. Considerem os males que engendrou para eles! São muitos, não há livro que possa nomear todos. Cada um é o ardil para uma vítima inocente.

O ser humano é uma máquina. Uma máquina automática. É composta por milhares de mecanismos delicados e complexos, que desempenham suas funções com harmonia e perfeição, de acordo com leis pensadas para seu governo, sobre as quais o homem não tem poder, nem autoridade nem controle. Para cada um destes milhares de mecanismos o Criador engendrou um inimigo cuja função é assediá-lo, persegui-lo, prejudicá-lo, afligi-lo com dores e misérias, até a destruição final. Nada foi esquecido.

Desde o berço à tumba, estes inimigos estão alertas; não têm descanso dia e noite. Constituem um exército organizado, capaz de sitiar e atacar; um exército alerta, vigilante, ansioso, impiedoso, um exército que não cede, que nunca dá trégua. Se desloca em esquadrões, companhias, batalhões, em regimentos, brigadas, divisões de exército; em certas ocasiões reúne suas forças e marcha feroz contra a humanidade. É o grande exército do Criador, e Ele é o Comandante Supremo. À sua frente, Suas tristes bandeiras balançam as insígnias de frente para o sol: Desastre, enfermidade, enfim.

A doença! Esta é a força principal, industriosa, devastadora! Ataca a criança no instante do nascimento; envia um mal atrás do outro: difteria, sarampo, caxumba, transtornos intestinais, dores de dente, escarlatina, e outras enfermidades infantis. Acompanham a criança até que se torne um rapaz e lhe envia outras doenças para esse período da vida. Segue o jovem até a idade adulta e o ancião até a tumba.

Confrontados tais fatos, querem descobrir qual o principal apelido carinhoso deste feroz Comandante Supremo? Vou lhes fazer economizar tempo, não se riam. É o Pai Nosso que está no Céu.

É curiosa a forma que trabalha a mente humana. O cristão parte desta premissa, definida, radical e inflexível: Deus é onisciente e todo-poderoso.

Dessa maneira, nada pode acontecer sem que Ele o saiba de antemão; nada pode suceder sem Sua permissão; nada pode advir se Ele deseja evitar.

É óbvio, não é? O Criador se torna responsável por tudo o que há, não é assim?

O cristianismo o aceita na oração recordada acima. O acolhe com sentimento e entusiasmo.

Após ter tornado o Criador responsável por todas as dores, enfermidades e sofrimentos enumerados anteriormente, e que Ele poderia evitar, o inteligente cristão o chama com singeleza de Pai Nosso!

É como lhes disse. Dotar o Criador com todos os dados necessários para criar um ser maligno, em seguida chega à conclusão de que tal Ser e seu Pai são a mesma coisa! Contudo, nega que um louco perverso e o diretor de uma escola dominical sejam, em essência, o mesmo. O que lhes parece a mente humana? Quero dizer, caso acreditem que exista a mente humana.

Sétima carta

Noé e sua família se salvaram — se for possível considerar isso uma vantagem — uso um *se* pela sincera razão de que nunca existiu uma pessoa tão inteligente que alcançara os sessenta anos e consentisse em viver de novo. Nem a sua vida ou sequer outra. A família se salvou, sim, mas não estavam confortáveis, porque estavam atacados por micróbios, cobertos até os olhos; haviam engordado como globos. Eram condições desagradáveis, não se podiam evitar, porque havia que salvar micróbios suficientes para prover as futuras raças dos homens de enfermidades desoladoras, e só havia oito pessoas a bordo que acabaram por lhes servir de hotel. Os micróbios eram a parte mais importante da carga da Arca, a parte pela qual o Criador estava mais preocupado, que mais desejava. Precisavam de alimento bom e estar bem instalados. Havia germes de tifo, cólera, hidrofobia, tétano, germes de tuberculose, febre bubônica, centenas de seres especialmente preciosos, como aristocratas portadores dourados do amor de

Deus pelos homens, benditas ofertas de um Pai que ama seus filhos, e todos eles tinham que estar suntuosamente alojados e atendidos. Residiam nos locais mais seletos que o interior da Família poderia oferecer, nas entranhas em particular: nos pulmões, no coração, no cérebro, nos rins, no sangue. O intestino grosso foi o alojamento favorito. Ali se reuniam em incontáveis bilhões, trabalhando e se alimentando, se retorciam e cantavam hinos de louvação e agradecimento. No silêncio da noite, se podia ouvir o rumor. O intestino grosso foi, na verdade, um Céu, o encheram, deixando-o tão rígido como um cano. Se orgulhava de tal feito. O seu hino habitual fazia grata referência a isso:

Constipação, oh, constipação,
Este alegre som proclama
Até às recônditas entranhas do homem
O louvado nome do Criador.

Eram muitos os incômodos da Arca. A Família tinha que conviver com uma multidão de animais, respirar o fedor que causavam e ensurdecer noite e dia com o ruído fragoroso que produziam seus rugidos estridentes. Em conjunto com tais incomodidades intoleráveis, o lugar era especialmente difícil para as mulheres, porque não podiam olhar em nenhuma direção sem ver milhares de animais se multiplicando e reproduzindo. Em seguida, vinham as moscas. Se amontoavam em todos os lados, perseguiam a Família todos os dias. Eram os primeiros animais a despertar e os últimos a dormir. Mas não podiam ser mortas, nem machucá-las, eram sagradas, sua origem era divina, eram as favoritas do Criador, seus tesouros.

Com o tempo, outros seres se distribuíram por distintos locais, dispersos, os tigres foram destinados às Índias, os leões e elefantes aos desertos e aos lugares recônditos da selva, os pássaros às regiões ilimitadas do espaço vazio, os insetos a um ou outro clima, segundo a natureza e às necessidades; mas, e a mosca? Não pertence a nenhuma nação, está bem em qualquer clima, o orbe é o seu território, todo ser que respira é sua presa, para a maioria era um flagelo do inferno.

Para o homem é uma embaixadora divina, um ministro plenipotenciário, um representante especial do Criador. Infesta o berço; prende em cachos suas pegajosas pálpebras; zumbe, pica e irrita, rouba o sono e a força da mãe nas longas vigílias que se dedica a proteger o filho do cerco desta praga. A mosca atormenta o doente no seu local, no hospital e no seu leito de morte até o último suspiro. Atormenta as comidas; primeiro procura pacientes que sofram doenças mortais e repugnantes; caminha por suas feridas, impregna as patas com um milhão de germes causadores da morte; logo pousa numa mesa de um homem são e contamina a manteiga, descarrega o intestino dos excrementos e germes de tifo sobre os bolos. A mosca arruína mais organismos humanos e destrói mais vidas do que toda multidão de mensageiros de infelicidade e agentes letais de Deus juntos.

Sem estava cheio de parasitas intestinais. É fantástico o completo e amplo estudo que o Criador dedicou à grande obra de fazer o homem desgraçado. Disse que engendrou um agente de aflição especial para todos e cada um dos detalhes da estrutura do homem, sem passar um só pelo alto e diz a verdade. Muita gente pobre tem que andar descalça porque não pode comprar sapatos. O Criador viu a oportunidade. Direi que sempre tem os olhos sobre os pobres. A nona parte das suas criações de enfermidades estava destinada aos pobres, e eles padecem delas. Os ricos adquirem o resto. Não pensam que falo de maneira despreocupada, não é assim. A maioria das enfermidades forjadas pelo Criador é destinada a atacar os pobres. Deduzir-se-ia que um dos melhores e mais comuns nomes que dão ao Criador é "Amigo dos Pobres". Nunca o púlpito oferece uma louvação ao Criador que possua o menor vestígio de verdade. O inimigo mais implacável e incansável dos pobres é seu Pai Celestial. O único amigo dos pobres é o seu próximo. Se compadece dele, assim o demonstra em seus atos. Faz o que pode para aliviar suas penas, em cada caso o Pai Celestial recebe crédito.

O mesmo acontece com as doenças. Se a ciência extermina uma doença que trabalhou para Deus, é ele que recebe o mérito e todos os púlpitos irrompem em públicos arrebatamentos de gratidão e proclamam sua bondade! Ele o fez, esperou talvez mil anos para o fazer; isso não é nada; o púlpito diz que estava pensando nisso todo o tempo. Quando os homens exasperados se rebelam e destroem uma tirania de séculos, libertando uma nação, o que o púlpito primeiro faz é anunciar tal coisa como obra de Deus e insta as pessoas a se ajoelharem, agradecendo a Deus pela graça. O púlpito diz com admirável emoção: "Que os tiranos entendam que o Olho que nunca dorme está pousado sobre eles; que se lembrem que o Senhor Nosso Deus não será sempre paciente, mas que libertará o furacão da Sua ira sobre eles no dia indicado". Se esquecem de mencionar que Seus movimentos são os mais lentos do Universo; que o Seu olho que nunca dorme bem poderia fazê-lo, já que demora um século para ver o que qualquer olho veria numa semana; que não há em toda a história um só exemplo de que Ele pensara num ato nobre primeiro, mas que sempre pensou nele um pouco depois que alguém o fizesse. Então Ele chega e cobra os dividendos.

Seiscentos anos atrás, Sem estava infectado com parasitas. De tamanho microscópico, invisível ao olho. Todos os produtores de doenças em especial mortais do Criador são invisíveis. É uma ideia engenhosa. Durante milhares de anos isso impediu o homem de atingir a raiz dos seus males, e desbaratou toda tentativa de se sobrepor a eles. Só recentemente a ciência conseguiu esclarecer essa traição.

O último destes benditos trunfos da ciência foi a descoberta e a identificação do assassino encapuzado que se conhece com o nome de parasita intestinal. Sua presa favorita é o pobre que anda descalço. Ele prepara sua emboscada nas regiões quentes e nos lugares arenosos, onde os pés desprotegidos pisam.

Tal parasita foi descoberto há três ou quatro anos por um médico que estudou com paciência as vítimas deste mal, durante certo tempo. A doença provocada pelo parasita causou estragos em vários lugares da terra, desde que Sem desembarcara no Ararat, sem que suspeitasse que era de fato uma doença. Apenas se considerava indolente a pessoa que a contraía, era objeto de escárnio, desprezo, não de lástima. O parasita intestinal é uma criação particularmente vil e insidiosa, durante séculos fez seu trabalho subterrâneo sem que fosse molestado. Mas este médico e seus colaboradores o exterminaram a partir dessa altura.

Deus está por trás disto. Refletiu durante seis mil anos para tomar uma decisão. A ideia de exterminar o parasita foi Sua. Esteve a ponto de o fazer antes do doutor Charles Wardell Stiles. Mas ainda teve tempo para colher o mérito, sempre esteve. Custará um milhão de dólares. É provável que estivesse a ponto de contribuir com essa soma, mas alguém se adiantou, como é costume do senhor Rockfeller. Ele põe um milhão, porém o mérito é atribuído a outro, como é habitual. Os jornais matutinos nos informam sobre a ação do parasita intestinal:

"Os parasitas intestinais diminuem tanto o vigor das pessoas afetadas que retardam seu desenvolvimento físico e mental, se tornam mais suscetíveis a contrair outras doenças, diminui a eficiência laboral, nas regiões onde a enfermidade é mais notória há um intenso aumento do índice de mortalidade por tuberculose, pneumonia, febre tifoide e malária. Demonstrou-se que a diminuição do vigor do povoado, atribuída por muito tempo à malária e ao clima de certas zonas, que afetava seriamente o progresso econômico, se devia na realidade a este parasita. O mal não se limita a uma determinada espécie de pessoas; cobra seu tributo de sofrimento e morte mesmo entre pessoas de classes mais elevadas e inteligentes, tal como entre os menos afortunados. Um cálculo conservador assinala que dois milhões de habitantes estão infectados por esse parasita. O mal é mais comum e grave entre os jovens de idade escolar. Apesar de ser uma infecção grave e estar generalizada, há um ponto positivo. A enfermidade pode ser facilmente reconhecida e tratada com eficácia. Pode-se prevenir (com ajuda de Deus) mediante precauções sanitárias apropriadas e verdadeiras".

As crianças pobres estão sob a vigilância do Olho que nunca dorme, já se vê. Sempre tiveram esse destino. Tanto eles como os "pobres do Senhor" — segundo a frase sarcástica — jamais puderam se libertar da atenção do Olho. Sim, os pobres, os humildes, os ignorantes, são os que recebem seus cuidados. Consideremos a "doença do sono" africana. Esta atroz crueldade tem como vítima a raça de negros inocentes e ignorantes que Deus colocou num deserto remoto, sobre a qual fixou Seu Olho: o que não dorme nunca, quando há a oportunidade de causar padecimentos a alguém. Fez planos pertinentes antes do Dilúvio. O agente eleito foi uma mosca aparentada com a tsé-tsé, uma mosca que assola o Zambezi, mata com sua picada rebanhos e cavalos, tornando a região inabitável para o homem. O espantoso parente da tsé-tsé deposita um micróbio que produz a "doença do sono". Cam estava infectado com estes micróbios e no fim da viagem o disseminou por África, começando a destruição que não encontraria alívio até passar seis mil anos, quando a ciência descobrisse o mistério revelando a causa da doença. As nações piedosas agradecem então a Deus, e O louvam por vir salvar os negros. O púlpito diz que é Ele quem merece o louvor. Decerto que é um Ser muito curioso. Comete um crime atroz, prolonga este crime por seis mil anos e se torna merecedor de louvações porque sugere a alguém a forma de mitigar sua gravidade. Ao doente chamam paciente, e de fato deve ser, pois de outro modo há séculos que teria se afundado no púlpito, na perdição dos nefastos dons que recebe de Sua parte, também chamado de "Letargo Negro":

Se caracteriza por períodos de sono recorrentes, em intervalos. A doença dura de quatro meses a quatro anos, e é sempre fatal. A princípio, a vítima tem a aparência lânguida, pálida, débil, idiotizada. As pálpebras se inflamam e surge uma erupção cutânea. Permanece adormecida, enquanto fala, come e trabalha. À medida que a enfermidade progride, se alimenta com dificuldade e enfraquece. A inanição e o surgimento de chagas são acompanhados por convulsões e a morte. Alguns pacientes enlouquecem".

Aquele que é chamado pela Igreja e o povo de Pai Nosso que estás no céu, foi o criador da mosca e a mandou infligir este triste e prolongado infortúnio, esta melancolia e essa ruína, a podridão do corpo e da mente, a um pobre selvagem que não fez mal algum ao Grande Criminoso. Não há um homem no mundo que não se compadeça com o pobre negro sofredor, não há homem que não estivesse disposto a lhe devolver a saúde, se pudesse. Para encontrar o único que não sente piedade por ele, é preciso ir ao Céu; para encontrar o único que pode curá-lo e a quem não se pode persuadir que o faça, é necessário ir ao mesmo lugar. Há só um pai assaz cruel para afligir seu filho com este mal horrível, só um. Nem todas as eternidades podem produzir outro. Gostam de reprimendas poéticas de indignação expressas com fervor? Eis aqui uma, recém saída do coração de um escravo:

A falta de humanidade do homem
Causa incontáveis lamentos!

Vou lhes contar uma bela história, que possui um toque patético. Um homem se transformou num religioso, perguntou a um sacerdote o que poderia fazer para se tornar digno da sua nova condição. O sacerdote respondeu: "Imita Nosso Pai que está no Céu, aprende a ser como ele". O homem estudou a Bíblia com afinco, diligente, consciente e ao rogar ao Céu que o guiasse, começou a imitá-lo. Fez sua mulher cair pelas escadas, quebrando sua coluna, deixando-a paralítica para o resto da vida;

entregou seus irmãos a um vigarista, que lhes roubou tudo o que possuía e os deixou num asilo; inoculou parasitas num dos seus filhos, no outro a doença do sono, e gonorreia no terceiro; fez sua filha apanhar escarlatina, se tornando uma adolescente surda, cega e muda para sempre; depois de ajudar um cafajeste que seduzira uma menor, fechou as portas da sua casa e a filha morreu num prostíbulo, amaldiçoando-o. Depois se apresentou diante do sacerdote, que lhe disse que essa não era maneira de imitar o Pai Celestial. O converso perguntou em que havia falhado, mas o sacerdote mudou de conversa e lhe perguntou como estava o tempo entre o seu povo.

Oitava carta

O homem é, sem dúvida, o idiota mais interessante que existe, e o mais excêntrico. Não há uma só lei escrita, na Bíblia ou fora dela, que tenha outro intento ou propósito do que este: limitar ou se opor à lei de Deus. Raras vezes retira de um fato verdadeiro algo que não seja uma conclusão equivocada. Não pode evitar isso, é a forma de que é feita a confusão que ele chama de sua mente. Considerem o que aceita e todas as curiosas conclusões a que chega.

Por exemplo, aceita Deus e somente Deus como responsável pelos atos do homem. Mas o homem nega isso.

Aceita que deus criou anjos perfeitos, sem mácula e imunes a dor e à morte, e que poderia ter sido igualmente bondoso com o homem, se quisesse, mas rejeita que tivesse alguma obrigação moral de fazê-lo.

Aceita que o homem não tem direito moral para castigar o filho que engendrou com crueldades voluntárias, enfermidades dolorosas ou a morte, mas repudia limitar os privilégios de Deus da mesma maneira sobre os filhos que ele criou. A Bíblia e os mandamentos do homem proíbem o homicídio, o adultério, a fornicação, a mentira, a traição, o roubo, a opressão e outros crimes, mas defende que Deus está livre destas leis e tem direito de quebrá-las quando quiser. Aceitam que Deus dá a cada homem ao nascer seu temperamento e sua disposição. Admitem que o homem não pode, por meio de qualquer processo, mudar este temperamento, senão que deve permanecer sempre sob seu domínio. Mas, no caso de um homem que esteja pleno de paixões espantosas, e outro totalmente privado delas, considera justo e racional castigar o primeiro por seus crimes, e recompensar o segundo por se abster de os cometer.

Consideremos tais especificidades.

Temperamento (disposição).

Observemos dois extremos de temperamento: a cabra e a tartaruga. Nenhuma destas duas criaturas cria seu próprio temperamento, mas nasce com ele como o homem e, tal como ele, não pode alterar isso. O temperamento é a lei de Deus, deve ser obedecido, e será apesar de todos os estatutos que o restrinjam ou proíbam, emanem de onde emanar.

Pois bem, a luxúria é a característica dominante do temperamento da cabra, a Lei de Deus para o seu coração, que deve obedecê-la e a obedece a cada dia do período do céu, sem parar para comer ou beber. Se a Bíblia ordenar à cabra: "Não fornicarás, não cometerás adultério", até o homem, o estúpido homem, reconheceria a insensatez da proibição; reconheceria que a cabra não deve ser castigada por obedecer à Lei do seu Criador. Ele acredita que é adequado e justo que o homem esteja disposto sob essa proibição. Todos os homens, sem exceção. A julgar pelas aparências isso é estúpido, porque pelo temperamento, que é a Lei de Deus, muitos homens são como as cabras e não podem evitar cometer adultério quando podem; enquanto há um grande número de homens que, por temperamento, podem manter sua pureza e deixam passar a oportunidade se a mulher não for atraente. Mas a Bíblia não permite em absoluto o adultério, a pessoa pode ou não evitá-lo. Não aceita distinção entre a cabra e a tartaruga, a excitante cabra, a cabra emocional, que deve cometer adultério todos os dias, ou definhar e morrer, e a tartaruga, essa puritana tranquila que dá-se ao luxo de praticar só uma vez a cada dois anos, permanecendo adormecida enquanto o faz e não desperta por sessenta dias. Nenhuma senhora cabra está livre de violência nem sequer no dia sagrado, se houver um senhor cabrão num raio de três milhas e o único obstáculo é uma cerca de cinco metros de altura, embora nem o senhor nem a senhora tartaruga têm apetite suficiente dos solenes prazeres de fornicação para estarem dispostos a romper o descanso da festa. Segundo o curioso raciocínio do homem, a cabra é credora de castigo e a tartaruga de elogios.

"Não cometerás adultério" é um mandamento que não estabelece distinção entre as seguintes pessoas. A todos pode se lhes ordenar que obedeçam:

As crianças recém nascidas.
Os bebês.
Os estudantes.
Os rapazes e as donzelas.
Os jovens adultos.
Os adultos.
Os homens e mulheres de 40 anos.
De 50.
De 60.
De 70.
De 80.
De 90.
De 100.

O mandamento não distribui sua carga de maneira certa, nem pode fazê-lo. Não é difícil aceitá-lo para os três grupos de crianças. É progressivamente difícil para os três grupos seguintes, beirando a crueldade. Felizmente se atenua para os três grupos posteriores. Ao atingir esta etapa, concretizou-se todo o dano que poderia haver e suprimir. Mas com certa imbecilidade cômica, a devastadora proibição se estende às quatro idades seguintes. Pobres velhos abatidos, mesmo que tentassem não poderiam desobedecê-lo. Vejam, é consagrado porque acabam por se abster santificadamente de cometer adultério entre eles!

Isto é um absurdo porque a Bíblia sabe que se um ancião tivesse a possibilidade de recuperar a plenitude perdida por uma hora, lançaria o mandamento ao vento e arruinaria a primeira mulher com quem se cruzasse, mesmo que fosse uma total desconhecida. É como eu digo: tanto os estatutos da Bíblia como os livros de direito são uma tentativa de revogar a Lei de Deus que, noutras palavras, expressa a inalterável e indestrutível lei natural. O Deus destas pessoas demonstrou com um milhão de atos que Ele não respeita nenhum dos estatutos da Bíblia. Ele mesmo rompe com cada uma das Suas Leis, até a do adultério. A Lei de Deus, ao ser criada a mulher, foi a seguinte: Não haverá limite imposto sobre tua capacidade de copular com o sexo oposto, em nenhuma etapa de tua vida. A Lei de Deus, ao ser criado o homem, foi a seguinte: durante tua vida inteira estarás submetido sexualmente a restrições e limites inflexíveis.

Por vinte e três dias (não havendo gravidez), desde o momento em que a mulher cumpre sete anos até vir a falecer de velhice, está pronta para a ação e é capaz, tão capaz como o candelabro para receber a vela. Disponível todos os dias, todas as noites. Além do mais, quer e deseja a vela, a anseia, suspira por ela, como ordena a Lei de Deus em seu coração. Mas a competência do homem é breve; enquanto durar, é só a medida moderada estabelecida para o seu sexo. É capaz desde os dezesseis ou dezessete, e ao longo de trinta anos. Depois dos cinquenta sua ação é de qualidade inferior, os intervalos são amplos e a satisfação não tem grande valor para nenhuma das partes; embora sua bisavó pareça estar jovem. Nada acontece com ela. O candelabro está firme como sempre, embora a vela vá se apagando e diminuindo na medida que passam os anos pelas tormentas da idade, até que por fim não consegue se erguer e deve repousar com a esperança de uma feliz ressurreição que jamais há de chegar.

Por constituição, a mulher deve deixar descansar sua fábrica três dias por mês e durante o período da gravidez. São etapas incômodas, às vezes de sofrimento. Como justa compensação, tem o alto privilégio do adultério, ilimitado a todos os outros dias da sua vida.

Esta é a Lei de Deus revelada em sua natureza. O que acontece com esse privilégio? Vive desfrutando-o livremente? Não. Em nenhum lugar do mundo, em todas as partes o arrebatam. Quem faz isso? O homem. Os estatutos do homem, se é que a Bíblia é a Palavra de Deus.

Muito bem, vocês têm uma mostra do "poder de raciocínio" do homem, como ele lhe chama. Observem certos fatos. Por exemplo, ao longo da sua vida não há um só dia em que possa satisfazer uma mulher. Além do mais, da mesma maneira, na vida de uma mulher não há um dia em que não possa se esforçar e vencer, deixando fora de combate dez homens na cama[1]. Desta forma, o homem concretiza esta singular conclusão numa lei definitiva.

---

[1] Em 1866, nas ilhas Sandwich, uma princesa real faleceu. Trinta e seis jovens nativos bem fornidos, ocupavam um lugar de honra no seu funeral. Na música que enaltecia os méritos, feitos e conquistas da falecida princesa, os trinta garanhões eram apodados como o *seu harém*, e a música narrava que fora seu orgulho e glória que ela os mantinha sempre ocupados, e muitas aconteceu de vários deles terem cobrado horas extras. [M. T.]

E o faz sem consultar a mulher, ainda que o assunto lhe toque muito mais do que a ele.

A capacidade procriadora do homem é limitada a uma média de cem experiências por ano durante cinquenta anos, a da mulher alcança três mil ao ano durante o mesmo lapso de tempo, por tantos anos como os que possa viver. O seu interesse no assunto se reduz a cinco mil descargas em sua vida, enquanto ela experimenta cento e cinquenta mil. Em vez de permitir honradamente que faça a lei uma pessoa mais afetada, este porco incomensurável, que carece de algum motivo digno de consideração, decide ditá-la ele mesmo!

Até aqui devem ter percebido, pelos meus comentários, que o homem é um idiota; agora sabem que a mulher também o é.

Se vocês, ou qualquer outra pessoa inteligente, organizarem as igualdades e justiça entre o homem e a mulher, cederiam ao homem a quinquagésima parte de interesse numa mulher, e à mulher poderiam outorgar um harém. Não é assim? Necessariamente, mas lhes asseguro que este ser da vela decrépita assumiu posição contrária. Salomão, que era um dos favoritos do Divino, tinha um gabinete de cópulas composto por setecentas esposas e trezentas concubinas. Sequer para salvar sua vida poderia ter mantido satisfeitas duas destas jovens criaturas, mesmo que tivesse quinze especialistas que o ajudassem. Certamente as mil mulheres passavam anos e anos com o desejo insatisfeito. Imaginem um homem bastante cruel para contemplar esse sofrimento todos os dias e não fazer nada para mitigá-lo. De maneira maliciosa até agregava certa acuidade a este patético sofrimento, ao manter as mulheres sempre vigiadas, com guardas robustos cujas esplêndidas formas masculinas provocavam água na boca destas pobres jovens, negando-lhes o consolo, pois estes cavaleiros eram eunucos. Um eunuco é uma pessoa cuja vela fora apagada mediante um artifício.[2]

Enquanto prossigo, tomarei uma ou outra passagem bíblica, e lhes demonstrarei que sempre se viola a lei de Deus. Incorporada mais tarde às normas das nações, a violação continua. Mas isso pode esperar, não há pressa.

---

[2] Proponho publicar estas Cartas aqui neste mundo, antes de voltar para perto de vocês. Duas edições; uma não editada para leitores da Bíblia e seus filhos; outra expurgada, para pessoas requintadas. [M. T.]

Nona carta

A Arca continuou sua viagem, à deriva, errante, sem bússola e sem controle, um brinquedo para os ventos caprichosos, as correntes e a chuva persistente! Chovia a cântaros, inundando tudo. Nunca houvera chuva igual. Falavam de quarenta centímetros ao dia, cifra insignificante em comparação. Agora eram trezentos centímetros por dia, três metros! Tal quantidade incrível choveu durante quarenta dias e quarenta noites, submergindo montes de cento e vinte metros de altura. Mas logo os céus e os anjos secaram. Não caiu nenhuma gota mais.

Como Dilúvio Universal, este foi uma desilusão, houve antes muitos Dilúvios Universais, como testemunham todas as bíblias de todas as nações, e este foi mais um deles. Por fim, a Arca encalhou em cima do monte Ararat, há cinco mil e cem metros sobre o vale, sua carga vivente desembarcou e desceu a montanha. Noé plantou um vinhedo, bebeu seu vinho e descansou.

Esta pessoa fora eleita entre todas porque foi considerada a melhor. Ia reiniciar a raça humana sobre uma nova base. Não prometia nada de bom, levar adiante a experiência era correr um risco grande e irracional. Apresentara-se o momento de fazer com essas pessoas o que tão ajuizadamente fora feito com os demais, afogá-los. Qualquer um que não fosse o Criador, teria dado conta disso. Mas Ele não. Quer dizer, talvez não tenha visto dessa maneira.

Diz-se que desde o princípio do tempo previu tudo o que aconteceria no mundo. Se isso é verdade, previra que Adão e Eva comeriam a maçã; que sua descendência seria insuportável e teria que perecer afogada; que a descendência de Noé, por sua vez, seria intolerável, e que, com o tempo, Ele teria que deixar Seu trono celestial e descer para ser crucificado e assim salvar esta irritante raça humana mais uma vez. Toda a raça? Não! Uma parte dela? Sim. Que parte? Em cada geração há centenas e centenas de gerações, um bilhão morreria e todos seriam condenados exceto, talvez, dez mil de um bilhão. Os dez mil teriam que proceder do reduzido número de cristãos, só um de cada cem desse pequeno grupo teria a oportunidade de salvação. Salvo os católicos romanos que tiveram a sorte de manter um sacerdote para que lhes limpasse a alma ao exalar o último suspiro e, talvez, algum presbiteriano. Mais ninguém. Vocês podem acreditar que Ele previu isso? O púlpito aceita. Equivale aceitar que em matéria de intelecto o Divino é o Pobre Máximo do Universo e que, em questão de moral e caráter, chega tão baixo que está na altura de Davi.

Décima carta

Os dois Testamentos são interessantes, cada um a seu modo. O Antigo nos oferece um retrato de Deus por este povo, desde o início da religião. O outro nos revela uma visão posterior. O Antigo Testamento se interessa mais pelo sangue e a sensualidade. O Novo, pela Salvação através do fogo.

A primeira vez que o Divino desceu à terra, trouxe a vida e a morte; quando veio a segunda vez, trouxe o inferno.

A vida não era uma oferta valiosa, mas a morte sim. A vida era um sonho febril composto por alegrias amargadas pelo sofrimento, prazeres envenenados pela dor. Um sonho que era um pesadelo confuso de deleites espasmódicos, enganosos; êxtases, exultações, felicidades, mesclados a infortúnios prolongados, castigos, perigos, horrores, desilusões, derrotas, humilhações e desespero. A maldição mais opressiva que pudera imaginar a ingenuidade Divina. Mas a morte era doce, aprazível, bondosa; a morte curava o espírito abatido e o coração destroçado, proporcionando descanso e olvido; a morte era o melhor amigo do homem, que o libertava de uma vida insuportável.

Com o tempo, o Divino percebeu que a morte era um erro, e um erro insuficiente, segundo o qual, apesar de ser um agente admirável para infringir infelicidade ao sobrevivente, permitia à pessoa que morria escapar da perseguição posterior no bendito refúgio da tumba. Deus meditou sobre este assunto, sem êxito, durante quatro mil anos, e logo desceu à terra, se fez cristão, a mente se aclarou e soube o que fazer, inventou o inferno e o proclamou.

Há algo curioso aqui. Todos acreditam que enquanto esteve no céu foi severo, duro, fácil de ofender, cioso e cruel; mas quando desceu à terra e passou a se chamar Jesus Cristo, assumiu um papel oposto. Quer dizer, se tornou delicado e manso, misericordioso, compassivo, toda a aspereza desapareceu da sua natureza, fora substituída pelo amor profundo e inquieto por seus pobres filhos humanos. Foi Jesus Cristo quem inventou o inferno e o proclamou!

Isto equivale dizer que como o doce e suave Salvador foi bilhões de vezes mais cruel do que no Antigo Testamento. Incomparavelmente mais atroz do que nos piores momentos da antiguidade! Doce e suave? Já examinaremos este sarcasmo popular à luz do inferno que inventou. Embora seja verdade que Jesus Cristo leve os louros pela malignidade de tal invenção, era bastante duro e áspero para cumprir sua função de Deus antes de se volver cristão. Ao que parece, não parou para refletir que a culpa era D'Ele quando o homem errava, já que o homem só atuava segundo a disposição natural com que Ele o dotara. Não, castigava o homem, em vez de castigar a Si mesmo. Mais, o castigo em geral suplantava a ofensa. Com frequência, caía também não sobre o executor da falta, mas em outro; um líder comunitário, por exemplo:

"Israel habitava Sitim; o povo começou a fornicar com as filhas de Moabe.

E Jeová falou a Moisés: pega todos os príncipes do povo, enforca-os diante de Jeová e do sol, e o ardor da ira do Senhor se distanciará de Israel"

Não parece que os "líderes do povo" haviam cometido adultério e eles foram destituídos, em vez do "povo".

Se foi justo naqueles dias, seria justo ainda hoje, porque o púlpito defende que a justiça de Deus é eterna e inalterável; assim como Ele é a Fonte da Moral, e a sua moral é eterna e inalterável. Muito bem, então devemos crer que se o povo de Nova Iorque começasse a prostituir as filhas de Nova Jersey, seria justo levantar um patíbulo diante da municipalidade e destituir o prefeito, o chefe da polícia, os juízes, o bispo, embora não tivessem feito nada. A mim não parece certo. Além do mais, podem estar bem cientes de que não poderia suceder. O povo não permitiria. São melhores do que a Bíblia. Nada aconteceria, exceto alguns processos danosos, se não se pudesse silenciar sobre o assunto.

Tampouco no Sul tomariam medidas contra as pessoas não envolvidas; pegariam uma corda e caçariam os culpados, se não conseguissem encontrá-los, linchariam um negro. As coisas melhoraram muito desde os tempos do Todo Poderoso, diga o que o púlpito disser. Querem analisar um pouco mais a moral, a disposição e a conduta do Divino? Querem recordar que no catecismo se insta os jovens a amar o Todo Poderoso, a honrá-lo, louvá-lo, considerá-lo como modelo e tratar de parecer com ele o mais que puder?

Leiam:

1 O Senhor falou a Moisés, dizendo:

2 Vinga os filhos de Israel contra os midianitas; depois teu povo será escolhido...

7 E lutaram contra os midianitas, como o Senhor mandou a Moisés, e mataram todos os varões.

8 Mataram também, entre os mortos, os reis de Midiã, Evi, Rekem, Zur, Hur e Reba, também a Ballam, filho de Beor, mataram a espada.

9 E os filhos de Israel levaram cativas todas as mulheres dos midianitas, seus filhos e todos os animais e gado; e arrebataram seus bens.

10 E incendiaram todas as cidades e aldeias e casas.

11 E arrebataram todo o despojo e o saque, tanto os homens como as bestas.

12 E trouxeram até o acampamento de Moisés o sacerdote Eleazar, e a congregação dos filhos de Israel, os cativos, o saque e os despojos, nas planícies de Moabe, que estão à frente de Jericó.

13 E Moisés e o sacerdote Eleazar e todos os príncipes da congregação foram recebê-los fora do acampamento.

14 E Moisés se enfureceu contra os capitães do exército, os chefes dos militares e centenas de homens que voltavam da guerra.

15 E Moisés lhes disse: Por que deixaram com vida todas as mulheres?

16 Pelo conselho de Balaam, elas foram a causa de que os filhos de Israel prevaricassem contra o Senhor no que concerne a Baal-Peor, e por isso houve mortandade na congregação do Senhor.

17 Matai, pois, agora, todos os varões entre os meninos; matai também toda mulher que tenha conhecido um varão carnalmente.

18 Mas todas as jovens entre as mulheres, que não tenham conhecido um varão, as deixareis com vida.

19 E vós, que porventura tenha dado morte a uma pessoa, e aquele que tocara o morto permanecerá fora do acampamento sete dias, os purificareis no terceiro dia e no sétimo, a vós e vossos cativos.

20 Purificareis toda roupa e toda prenda de peles, toda obra de pele de cabra, e todo utensílio de madeira.

21 E o sacerdote Eleazar disse aos guerreiros que voltavam da guerra: Esta é a lei que o Senhor enviou a Moisés...

25 E o Senhor falou a Moisés, dizendo:

26 Toma conta do saque que fora feito, tanto das pessoas como as bestas, tu e o sacerdote Eleazar e os chefes paternos da congregação.

27 E dividirás em metades o saque entre os que guerrearam, os que foram para a guerra, e toda a congregação.

28 E separarás ao Senhor o tributo dos guerreiros que foram para a guerra.

31 Moisés e o sacerdote Eleazar assim fizeram como o Senhor mandara.

32 E assim foi com a espoliação, o restante tomaram os guerreiros, seiscentos e setenta e cinco mil ovelhas,

33 E Setenta e dois mil bois,

34 e sessenta mil jumentos,

35 Quanto às pessoas, mulheres que haviam conhecido um varão, eram trinta e duas mil...

40 E as pessoas, dezesseis mil; e o tributo delas para o Senhor, trinta e duas pessoas.

41 E Moisés ofertou o tributo, como oferenda ao Senhor, conforme o Senhor mandara Moisés fazer.

47 Da metade para os filhos de Israel, tomou Moisés um de cada cinquenta, tanto homens como animais, e os ofereceu aos levitas, que tinham a proteção do tabernáculo do Senhor, tal como o Senhor mandara Moisés fazer".

"10 Quando te aproximares de uma cidade para combatê-la, proclame a paz para ele

13 Assim que o Senhor teu Deus a entregar em tua mão, hás de ferir cada varão com o fio da espada.

14 As mulheres, as crianças e os animais e todos os que estejam na cidade, todo o seu despojo hás de tomar para ti; e hás de comer do saque dos teus inimigos, os quais o Senhor teu Deus os entregara a ti.

15 Assim, hás de fazer a todas as cidades que estejam distante de ti, que não sejam as cidades destas nações.

16 Mas as cidades destes povos que o Senhor teu Deus te oferta por herança, não hás de deixar ninguém com vida".

A lei bíblica diz: "Não matarás".

A Lei de Deus, implantada no coração do homem ao nascer, diz: "Matarás".

O capítulo que citei lhes demonstra que o mandamento bíblico falha mais uma vez. Não pode deixar de lado a lei da natureza, que é mais poderosa.

Segundo a crença desta gente, foi o próprio Deus quem disse: "Não matarás". Desde já, está claro que não pode respeitar seus mandamentos. Ele matou toda essa gente, todos os varões.

De alguma maneira haviam ofendido o Divino. Sabemos qual foi a ofensa, sem precisar investigar. Quer dizer, uma loucura, alguma mesquinhez a qual ninguém mais que um Deus atribuiria importância. É provável que algum midianita estivesse imitando a ação de um tal Onan, a quem fora ordenado a "penetrar na mulher do irmão", o que ele fez. Mas em vez de consumar, "o derramou no chão". O Senhor deu morte a Onan pelo ocorrido, porque o Senhor não tolerava falta de indelicadeza. O Senhor assassinou Onan, até o mundo cristão não entende por que se deteve ali, em vez de matar todos os habitantes das trezentas milhas em redor, já que eram inocentes, e eram, precisamente, os que executara. Porque esta foi sempre Sua ideia de um trato justo. Se tivesse um lema, teria sido este: "Que não escape nenhum inocente". Vocês se recordam do que fez na época do dilúvio. Havia multidões e multidões de crianças, e Ele sabia que nunca lhe fizeram nenhum mal, mas seus parentes, sim, e isso era o bastante para Ele. Vira levantarem-se as águas até seus lábios clamorosos, apreciou o terror selvagem dos seus olhos, apreciou o lamento agônico nos rostos das mães, que comoveria qualquer coração exceto o Seu. Mas ele queria castigar particularmente os inocentes, e afogou estas pobres crianças.

Devem se recordar que no caso dos descendentes de Adão, bilhões eram inocentes, nenhum deles participou do delito, mas Deus os considerava culpados até hoje. Ninguém se livrara, exceto se reconhecendo como culpado, e de nada serviria a ínfima mentira.

Algum midianita deve ter repetido o ato de Onan e atraído o castigo sobre seu povo. Se não foi esse erro que ultrajou o poder do Divino, provavelmente sei o que foi:

algum midianita deve ter urinado contra o muro. Estou certo disso, porque isso é algo impróprio que a Fonte de toda etiqueta jamais pode tolerar. Uma pessoa poderia urinar contra uma árvore, contra sua mãe, poderia urinar nas calças, e sair livre, mas nunca poderia urinar contra o muro, isso seria ir demasiado longe. Não foi estabelecida a origem do princípio divino contra tal delito; mas sabemos que o prejuízo era grande, tão grande que só um massacre total do povo que habitara a região onde se situava o muro poderia satisfazer o Divino.

Vejam o caso de Jeroboão. "Hei de separar de Jeroboão todo aquele que urinar contra o muro". E assim fez. E não só aquele que urinou foi liquidado, como também o resto dos habitantes. Sucedera o mesmo com a casa de Baasa; todos foram eliminados, parentes e amigos, sem que restasse "ninguém que urinara contra o muro".

No caso de Jeroboão, vocês têm um exemplo notável do costume do Divino de não limitar seus castigos ao culpado; sempre inclui os inocentes. Até os descendentes desta infortunada casa foi dizimada, "como o homem tira o esterco, até que desapareça por completo". Isto inclui as mulheres, as moças e as jovens. Todas inocentes, porque não podiam urinar contra o muro. Ninguém deste sexo pode fazê-lo. Ninguém mais do que os membros do sexo masculino podem realizar tal façanha.

É um malefício curioso, mas existe. Os pais protestantes têm a Bíblia à mão em suas casas, para que as crianças estudem, uma das primeiras coisas que aprendem é a ser bons e puros e a não urinar contra o muro. Estudam com prioridade essas passagens, exceto as que incitam à masturbação, estas eles buscam e as estudam em privado. Não existe um jovem protestante que não se masturbe. Esta arte é o primeiro conhecimento que a religião confere a jovem. E, também, a primeira coisa que se ensina a uma menina.

A Bíblia possui esta vantagem sobre todos os demais livros que ensinam refinamento e bons modos: atinge os jovens, chega até sua mente na idade receptiva e causa impressão; os outros têm que aguardar.

"Hás de ter entre tuas armas uma pá, e quando te baixares, hás de cavar com ela, e cobrirás teu excremento".

Esta regra foi lavrada nos tempos antigos porque "o Senhor teu Deus anda no meio do teu acampamento". É provável que não valha a pena averiguar por que foram exterminados os midianitas. Somente podemos estar seguros de que não foi uma injúria maior, porque nos casos de Adão e do dilúvio, os profanadores de muros dão o exemplo. Um midianita pode ter deixado sua pá em casa e causado o problema, não tem importância. O problema crucial mesmo, e a moral de um e outro que oferece para instruir e elevar ao cristianismo atual.

Deus escreveu sobre as tábuas de pedra: "Não cometerás adultério". Paulo, arauto da voz divina, aconselhara abstenção absoluta na relação sexual. Uma grande mudança do ponto de vista divino desde a época do incidente midianita.

Décima primeira carta

A história humana está tingida de sangue em todas as épocas, impregnada de ódio e manchada de crueldade; mas após os tempos bíblicos, tais atributos marcaram certos limites. A Igreja ainda possui, desde o princípio da sua supremacia, o crédito de haver derramado mais sangue inocente que todas as guerras políticas juntas, observem o limite. Mas notem que quando o Senhor, Deus dos Céus e da Terra, Pai Adorado do homem, está em guerra, não há limites. É totalmente implacável, Ele, a quem chamam Fonte da Misericórdia, mata sempre! A todos os homens, animais, jovens, crianças; todas as mulheres e meninas, exceto aquelas que não foram defloradas.

Não há nenhuma distinção entre o inocente e o culpado. Os bebês eram inocentes; como os animais, muitos homens, mulheres e crianças tiveram que sofrer com os culpados. O que o insano Pai queria era sangue e infortúnio; para si, era indiferente quem padecia. O mais duro de todos os castigos castigou pessoas que de maneira alguma mereciam tão horrível destino: trinta e duas mil virgens. Apalparam suas partes íntimas para verificar se tinham o hímen intacto; depois desta humilhação foram desterradas do seu lugar, para serem vendidas como escravas, a pior forma de escravidão e a mais humilhante: a escravidão da prostituição, a escravidão do leito, para excitar o desejo e satisfazê-lo com seus corpos; escravas para qualquer comprador, seja um cavalheiro ou um rufião sujo e gordo. Foi o Pai que infringiu este castigo imerecido e feroz a essas virgens despossuídas e abandonadas, cujos pais e familiares Ele mesmo assassinara ante seus olhos. Entretanto, elas rezavam para que se compadecesse e fossem resgatadas, sem dúvida alguma.

Estas virgens eram proveito da guerra, saque. Ele reclamou sua parte e a obteve. Para que as virgens Lhe serviriam? Observem a história posterior e hão de perceber.

Seus sacerdotes também obtiveram sua quota de virgens. Que uso das virgens os sacerdotes poderiam fazer? A história privada do confessionário católico romano pode responder esta pergunta. A maior diversão do confessionário foi a sedução em todas as épocas da Igreja. O pai Jacinto atesta que de cem sacerdotes confessados por ele, noventa e nove usaram o confessionário com eficácia para seduzir mulheres casadas e jovens. Um sacerdote confessou que, de novecentos jovens e mulheres a quem havia sido pai confessor na sua época, nenhuma conseguira escapar dos seus abraços luxuriosos, exceto as velhas ou as feias. A lista oficial de perguntas que um sacerdote deve fazer é capaz de sobrexcitar qualquer mulher que não seja paralítica.

Não há nada na história dos povos selvagens ou civilizados que seja mais completo, mais impiedoso e destrutivo que a campanha do Pai da Misericórdia contra os midianitas. A história oficial não dá detalhes, senão informações globais: todas as virgens, todos os homens, todas as crianças, todos os seres que respiram, todas as casas, todas as cidades. Delineia um amplo quadro que se estende até onde a vista chega, com ardente ruína e tormentosa desolação; a imaginação reúne uma quietude desolada, um terrível silêncio — o silêncio da morte. Mas certamente houve acasos. Onde encontrar essa informação?

Na história antiga dos peles-vermelhas na América do Norte, fora copiada a obra de Deus, seguindo o verdadeiro espírito divino. Em 1862, os índios do Minnesota, profundamente ofendidos e traídos pelo governo dos Estados Unidos, se levantaram contra os colonos brancos e massacraram todos aqueles que foram alcançados por sua mão, sem perdoar idade ou sexo. Pensem neste caso.

Índios dóceis atacaram de madrugada uma granja e raptaram a família, formada por um lavrador, sua mulher e quatro filhas, a menor de quatorze anos e a mais velha dezoito. Crucificaram os pais, foram despidos, colocados contra a parede e pregaram suas mãos. Em seguida, despiram as filhas, deitaram-nas à frente dos pais e as violaram várias vezes. Depois as crucificaram também, na parede oposta, e lhes cortaram os narizes e os seios. Fizeram outras coisas, mas não vou pormenorizar, há um limite. Existem indignidades tão atrozes que a caneta não pode descrever. Um membro da família crucificada — o pai —, estava vivo quando a ajuda chegou mais tarde. Agora conhecem esse fato que ocorreu no Minnesota. Poderia lhes descrever uns cinquenta. Ultrapassariam as diversas classes de crueldade que o talento humano pode conceber.

Agora já sabem, através destes relatos verídicos, o que sucedeu sob a direção pessoal do Pai da Misericórdia em sua campanha midianita. A campanha do Minnesota foi apenas o dobro do extermínio midianita. Nada aconteceu numa que não tenha ocorrido na outra. Não, isso não é totalmente certo. O indígena foi mais compreensivo que o Pai das misericórdias. Não vendeu as virgens como escravas para atender à lascívia dos assassinos de sua família, enquanto duraram suas tristes vidas; as violou e caritativamente provocou breves sofrimentos, finalizando-os com uma preciosa oferta à morte. Queimou algumas das casas, mas não todas.

Levou os animais inocentes, mas não lhe tirou a vida. O que se pode esperar deste mesmo Deus sem consciência, este despossuído moral, que se converta no mestre da moral, da delicadeza, da mansidão, justiça, pureza? Parece impossível, insensato, mas escutem-no. Esta são palavras suas:

"Bem aventurados são os que choram, porque eles receberão consolo.
Bem aventurados os brandos, porque eles receberão a terra como herança.

Bem aventurados os que têm fome e sede de justiça, porque eles serão saciados.

Bem aventurados os puros de coração, porque eles verão Deus.

Bem aventurados os pacificadores, porque eles serão chamados de filhos de Deus.

Bem aventurados os que padecem perseguição por causa da justiça, porque deles será o reino do Céu.

Bem aventurados sois quando por minha causa os vituperem ou sejam perseguidos, e afirmem toda forma de mal contra vós como mentira".

Os lábios que pronunciaram tais sarcasmos, tais hipocrisias colossais, são exatamente os mesmos que ordenaram o massacre total, tanto de homens, crianças e animais midianitas; a destruição massiva de casas e povos, o desterro enorme de virgens para uma escravidão imunda e indescritível. Esta é a mesma Pessoa que lançou sobre os midianitas as crueldades diabólicas que se repetiram sobre os peles vermelhas, detalhe por detalhe, no Minnesota, muitos séculos mais tarde. O episódio midianita o encheu de alegria, tal como no Minnesota, ou o teria evitado.

As bem-aventuranças e os capítulos de Números e do Deuteronômio citados, deveriam sempre ser lidos juntos no púlpito. Então a congregação teria um retrato completo do Pai Celestial. Contudo, não conheci um só caso de sacerdote que alguma vez fizera isso.

Sobre o autor

1835 – Nasce num pequeno povoado do estado Missouri, filho de John Marshall Clemens e Jane Lampton.

1839 – A família muda para o Missouri, passando a viver às margens do rio Mississipi, que se tornaria o cenário favorito das suas histórias.

1847 – Morte do pai, que obriga o jovem escritor a trabalhar num jornal que pertencia a um irmão.

1848-1853 – Publica primeiros artigos no *Hannibal Journal*, em seguida colabora em outros periódicos do país.

1854-1857 – Passa a viver em inúmeras cidades como ST. Louis, Nova Iorque, Filadélfia e Washington.

Escreve sobre este périplo sob o pseudônimo Thomas Jefferson Snodgrass.

1857-1861 – Após a tentativa malograda de viajar pelo rio Amazonas, o jovem escritor navega pelo rio Mississipi, como aprendiz de piloto.

1861 – Começa a Guerra de Secessão, o jovem luta ao lado dos Confederados, mas logo abandona este lado.

1863 – Trabalha no jornal *Territorial Entreprise*, da Virginia; assume o pseudônimo que o consagrou mundialmente, Mark Twain.

1865 – Passa a viver na Califórnia, onde se dedica ao jornalismo e em busca de ouro.

1866 – Viaja para Honolulu como correspondente do jornal *Daily Union*, da Califórnia.

1867 – Realiza uma série de conferências pelo Nevada e Califórnia. A fama como humorista e escritor começa a se propagar. Viaja pela Europa e publica o primeiro livro.

1869 – Publica *Os inocentes no estrangeiro*, uma compilação de artigos sobre suas viagens pela Europa, que acaba por se tornar um sucesso de vendas.

1870 – Casa-se com Olivia Langdon e passam a viver em Buffalo (NY), onde trabalha como redator chefe no jornal *Express*.

1871 – O casal se muda para o Connecticut. O escritor já é considerado um autor célebre. Publica *Mark Twain's (burlesque) Autobiography and First Romance.*

1876 – Publica *As aventuras de Tom Sawyer*, que o consagra como escritor.

1880 – Viaja pela Europa e chega a ser recebido pelo Papa; escreve, *Um vagabundo no estrangeiro.*

1882 – Publica *O príncipe e o mendigo.*

1883 – Publica *A vida no Mississipi*, sobre as experiências de juventude.

1884 – Funda a editora, Charles L. Webster & Company. Publica *As aventuras de Huckleberry Finn.*

1889 – Depois de vários anos sem publicar, aparece *Um ianque na corte do rei Arthur.*

1891-1895 – Vive entre a Itália, França e Alemanha.

1894 – Sua editora entra em falência.

1895 – Realiza um périplo de conferências pela Nova Zelândia e a Índia, entre outros países. Sua filha, Susie, falece.

1900 – Após viver alguns anos fora do seu país, a família regressa para os Estados Unidos, se fixando em Nova Iorque. Honoris causa pela Universidade de Yale.

1903 – Mais uma mudança de país, desta vez a família Clemens se muda para a Itália, por causa da saúde da esposa, Olivia.

1904 – Falecimento de Olivia Langdon Clemens.

1907 – Recebe o título honoris causa em Letras, pela Universidade de Oxford.

1908 – Muda-se para Redding, no Connecticut.

1909 – Falece sua filha, Jean.

1910 – Twain morre no dia 21 de abril, aos 75 anos, e é enterrado em Elmira (NY).

Ilustração de Cristiana Engelmann, 2021

CADASTRO
ILUMI/URAS

Para receber informações sobre nossos lançamentos e promoções, envie e-mail para:

cadastro@iluminuras.com.br

Ilustração de Cristiana Engelmann, 2021

Este livro foi composto em Scala, pela *Iluminuras* e terminou de ser impresso nas oficinas da *MetaBrasil gráfica*, em Cotia, São Paulo, em papel off-white 80g.